文春文庫

木になった亜沙

今村夏子

文藝春秋

目次

木になった亜沙

木になった亜沙

亜沙《あさ》は小さなアパートに母と二人で住んでいた。アパートの裏手には大家さんの管理するひまわり畑がひろがっていた。ある日、母は大家さんからビニール袋いっぱいにひまわりの種をもらって帰ってきた。部屋の真ん中に新聞紙をひろげ、亜沙と母は何日もかけてせっせと種の殻をむいた。白い小さな粒だけになった種は、母がフライパンで炒《い》って塩を振ると亜沙のおやつに変身した。台所のテーブルに前かがみになり、きらきら光る粒をちょっとずつつまんで口に入れ、奥歯で香ばしさをかみしめた。たまに塩のかたまりが口に入った。洗い物をしている母に水のおかわりをもらい、またちょっとずつつまむ。亜沙は塩のついた指先をなめながら「これほいくえんにもっていきたい」といった。翌朝、母はふくらんだ茶封筒を亜沙に持たせた。「ひとりじめせんようにね、みんなで分けて食べるんよ」

教室のオルガンの陰から、亜沙は一番仲良しのるみちゃんを手招きして呼んだ。

「なあに」

「みて、みて」

油の染みた茶封筒にるみちゃんは顔を近づけた。亜沙が封筒の口をひらくと、おそるおそる中をのぞきこむ。

「これなあに」

ひまわりに種があることを知らないるみちゃんは、亜沙が説明しても「これひまわり？」と首をかしげた。亜沙はるみちゃんの目の前で一粒つまんで口に入れた。

「アッ。たべた！」

「たべれるよ」

「おいしいん？」

「おいしいよ」

「おなか痛くなるよ」

「ならんよ、食べてごらん」

るみちゃんは首を横に振った。

「いい、いらん」

「おいしいよ」亜沙はもう一度いった。封筒をかたむけて自分の手のひらにサラサラ移すと、るみちゃんに差しだした。「はい。食べてごらん」

「いい、いらん」

「なんで、おいしいよ」

「いらん」

「ちょっとだけ」

「いらんてば」

「るみちゃん」

「いらん！　いらん！　いらん！」

るみちゃんは亜沙の手を払うと、なわとびを持って園庭へでていった。

亜沙が小学校に上がる年、母娘は引っ越しをした。埼玉で暮らす祖母と同居することになったのだ。祖母の家にはこれまでの暮らしにはなかったものが揃っていた。ソファ、絨毯、リモコン、シャワー、電子レンジ。小学一年生の時、亜沙は、祖母もまだ一度しか使ったことがないというピカピカのオーブンで、母に手伝ってもらいながら、人生初のクッキー作りに挑戦した。クラスの人気者、山崎シュン君が転校するので、餞別《せんべつ》として手作りクッキーをプレゼントしようと思いついたのだ。山崎シュン君とは、一学期の時に二人揃ってジャンケンに負け、落とし物係になったことがあり、その時にほんとうは飼育係がよかったよね、と愚痴をいい合った仲だ。

クッキーは上手に焼けた。亜沙のアイデアで生地にレーズンとピーナッツを混ぜこんだのが正解だった。あと十枚は味見したいところをぐっとこらえて袋に詰めると、ピンク色のリボンで口を結んだ。

翌日、山崎シュン君は亜沙が「これ食べて」といって差しだしたクッキーを「いらないよ」と突き返した。その原因は亜沙のリサーチ不足にあった。彼はレーズンとピーナッツが嫌いで、クッキー自体は大大大嫌い、見るのもおそろしいということだった。「元気でね」逃げていくシュン君の背中に向かって、亜沙は悲しい気持ちで手を振った。

その後、亜沙は再びクッキー作りに挑戦する。もちろん母に手伝ってもらった。今度はレーズンもピーナッツも入れなかった。シュン君はもういないので、焼き上がったクッキーは敬老の日に祖母にプレゼントした。硬いものが苦手な上、糖尿を患《わずら》っている祖母は、袋詰めにされたクッキーを受け取りはしたものの、食べようという気はなさそうだった。いつまでも台所のテーブルの上に置かれたままになっているクッキーを母のところに持っていくと、母も食べなかった。

母は「これから病院で検査があるから食べれないの」と残念がった。「お医者さんがね、胃をからっぽにしてきてくださいって」

仕方がないので亜沙がひとりで食べた。病院から帰ってから食べるね、といっていた母は、検査後、そのまま入院となった。以後、入退院を繰り返すことになる。

小学二年生の時に、亜沙は念願の飼育係になった。飼育係の役目は教室の金魚に毎日エサをやることだ。係になって一日目、亜沙ははりきってエサをやった。

「金魚さん、ごはんですよ」

亜沙が声をかけても、金魚たちは水槽の底のあたりに集団で固まったまま動こうとしなかった。

次の日も亜沙はエサをやったが、前日同様、一匹も浮上してこない。もうひとりの飼育係、平井さんがエサをやると、競うようにして水面に口を出してぱくぱくと食べるので、お腹がすいていないわけではなさそうだった。平井さんの真似をして一度手のひらに移したエサを親指と中指の腹でつまみ、高い位置からぱらぱら落としてみるのだが、亜沙がやるとなぜか食べない。この問題は学級会で取り上げられた。亜沙がエサをやり続けると、いずれ金魚が餓死してしまうという意見がでた。話し合いの結果、日替わりでおこなうはずだったエサやりは平井さんが担当することになり、亜沙は観察日誌の記入と水面のゴミすくいを担当することに決まった。意見が飛び交っているあいだ、亜沙はひと言も発しなかった。窓際の一番後ろの席で下を向き、自分の手のひらを見つめていた。

同じく小学二年生の時のこと。世間を騒がす食中毒事件が起こった。どこかの町の結婚式場で発生したこの事件の被害者は百人を超えた。事件から十日ほどたち、この日の亜沙は給食当番だった。メニューは、ごはん、牛乳、ビーフシチュー、インゲン豆のサラダ、りんご。亜沙はインゲン豆のサラダを盛りつける係を担当した。食中毒の原因は、披露宴のメイン料理に添えられたインゲン豆だといわれていた。それは国内で栽培されたインゲン豆であり、隣町の給食センターで使用されている外国産の冷凍インゲン豆とは何の関係もなかった。それにもかかわらず、亜沙が「はい」といって差しだした皿を受け取るクラスメイトはいなかった。

「いらない」「こわい」「まだ死にたくないもん」

と口々にいいながら、亜沙と亜沙の盛りつけたインゲン豆の前を素通りしていった。それはまるでいじめのワンシーンのようだった(亜沙はいじめられてはいなかった。少なくともこの時は)。

翌年、三年一組の教室でも同じような場面が見られたが、こちらは本物のいじめだった。メニューは、ごはん、牛乳、八宝菜、マカロニサラダ、夏みかん。食中毒事件など起こっていないのに、その日、三年一組の児童は、誰ひとりとして亜沙のよそったマカロニサラダを食べなかった。似たような場面は亜沙が四年生の時も五年生の時も、六年生の時にも繰りひろげられた。

入院中の母に心配はかけたくなかった。学校でのことはもちろん、家で起きていることも母には話さなかった。母が三度目の入院をしてしばらくたったころ、家の主である祖母に、おかしな症状があらわれ始めた。亜沙のことをせっちゃんと呼んだり、トイレの手前でもらしたり、鳴ってもいない電話にでて、いもしない相手としゃべったり。一番こたえたのは、亜沙の用意した食事を毒入りだといって床に叩きつけたことだ。このできごとは深く亜沙の心を傷つけた。亜沙のことを心配した担任の先生が家庭訪問におとずれた時、先生がいつまでたってもお茶とおまんじゅうに手をつけないのをみて、亜沙は毒なんて入ってませんといって泣いた。亜沙は祖母の家を離れ、叔母夫婦の家に預けられた。

新婚の叔母夫婦には子供がいなかった。専業主婦で家事を得意とする叔母に、亜沙は料理を教わった。いわれたとおりの手順でだしを取り、野菜を切り、砂糖を足したり火を弱めたりしたが、出来上がった料理には微妙な味のちがいがでるのか、叔父は叔母の作ったものはおいしそうにパクパク平らげるのに、亜沙が作ったおかずにはちょっとはしをつけるだけで、いつも必ず残した。

「もう食べないの?」

亜沙の代わりに叔母が訊いた。

「うん、もういい。満腹丸」

叔父がそういうと、その皿は速やかにさげなければならなかった。叔母夫婦と暮らし始めた当初、亜沙は自分の作った料理を何度もしつこくすすめて、叔父に怒鳴られたことがある。

叔父の残したものは、夫婦が飼っているマルチーズのエサになった。やんちゃな甘えん坊で、亜沙の手から与えられたもの以外なら何でも食べる犬だった。

六年生の時、長く入院していた母が死んだ。死の間際、ベッドの上の母に、何か食べたいものはあるかと亜沙は訊ねた。

……おすし。

すぐにスーパーでパック詰めの握り寿司を買って病室に届けた。おすしだよ、と母の一番好きなマグロを色のない唇に近づけて、そのままの状態で亜沙は待った。しかし、いくら待っても母の口元は固く閉じられていて、ほんの少しも開かなかった。

結局、お米一粒さえ母に食べさせてやることができなかった。亜沙は自分に絶望した。

母の死と入れ違いになるかのように、叔母夫婦に赤ちゃんが生まれた。よく泣き、よく笑い、よく飲む、男の赤ちゃんだった。亜沙はオムツを替えたり沐浴の手伝いをしたりと積極的に赤ちゃんの面倒をみたが、ミルクをあげることだけはしなかった。

叔母も亜沙にはたのまなかった。ある週末、叔母夫婦の外出中に、どうしても赤ちゃんが泣きやまないという事態が起こった。考えられる原因は「空腹」しか残っていない。亜沙は絶望しながら台所へいき、絶望しながらミルクを作った。絶望しながら泣き叫ぶ赤ちゃんをひざの上にのせて、その小さな口に哺乳瓶の先をあてがった。すると、亜沙の想像もしていなかったことが起こった。なんと、赤ちゃんがミルクを飲みだしたのだ。亜沙は何かの間違いではないかと思った。哺乳瓶を握る亜沙の手のふるえなどおかまいなしに、赤ちゃんはコクコクコクと音をたてて、最後の一滴まで飲み干した。そしてまた泣きだした。

「すぐ、すぐにおかわり持ってくるからね」

亜沙はそういって立ち上がりかけたが、つと座り直すと、着ているTシャツを脱いで上半身裸になった。泣いている赤ちゃんをしっかりと両腕に抱き、鼻先に自分の乳首を近づけた。瞬間、赤ちゃんがピタリと泣きやんだ。何も分泌するはずのない亜沙の乳首と、ぱくぱく動く小さな唇が触れるか触れないかというその時、突然大きな物音がした。外出していた叔母夫婦が、亜沙の背後で買い物袋を取り落とした音だった。

亜沙は二度と赤ちゃんに近づかなかった。

休みがちだった小学校を卒業して、亜沙は中学生になった。中学生になって亜沙は不良の仲間入りをした。黒の学生鞄の中には教科書は一冊も入っていなかった。万引きで手に入れた酒やタバコや食料や替えのパンツなどが入っていた。その学生鞄ひとつで、亜沙は先輩や友人の家を転々とした。泊めてもらうお礼に差しだす酒や食料は、なぜかどの家でも受け取ってはもらえなかった。だから鞄の中身は大体いつも同じだった。

学校では、いじめられる側からいじめる側に回った。いじめてもいじめても亜沙の心は満たされない。ある日の放課後、亜沙は体育倉庫に前から気に入らなかった後輩女子を呼びだした。頭突きをくらわして財布を奪ったあとに、仲間に命じてセミの死骸を持ってこさせた。食べろ、という亜沙の命令に、その後輩は全力で抗った。脅しも暴力も効かなかった。意地でも口を開けようとしない後輩のこめかみを亜沙は何度もひっぱたいた。最後は仲間にも手伝ってもらい、ちからずくで口をこじ開けながら、食べて、お願い、と懇願していた。

夏の終わり、亜沙は叔父の運転する車に無理矢理乗せられ、山奥の更生施設に送りこまれた。そこは亜沙のような自堕落な毎日を送る少年少女たちに健全な生活習慣を身につけさせるための指導をおこなう場所だった。施設を運営するのは子供たちから「先生」と呼ばれるお坊さんと、その奥さんだった。厳しい規律と質素な食事に我慢ならなくて、最初のうち亜沙は何度も脱走をこころみたが、そのたびに先生や奥さんに見つかって連れ戻された。「観心《かんじん》の間」と呼ばれる机と椅子しかない部屋で亜沙と先生は何時間も黙ったまま座り続けた。

「きみが話すまで待ちましょう」と先生はいった。途中でノックの音がして、ドアのすきまから奥さんが顔をのぞかせた。内緒よ、といいながら、亜沙の前に手作りのシフォンケーキの皿をコトリと置いた。

亜沙は少しずつ施設の暮らしに慣れていった。二週間がたつころには日課の薪割りや水汲みをしても、翌日筋肉痛に悩まされることがなくなった。与えられた課題に取り組んでいると一日はあっというまに過ぎ去った。平日は日課にせいをだし、週末は町にでて施設の仲間たちとさまざまなボランティア活動に参加した。半年間という期限付きの暮らしだったが、亜沙にとっては心身の健康を取り戻すには十分な長さだった。

誰もが亜沙のような人間だったなら、先生も奥さんも苦労しなかっただろう。集められた少年少女の中には、いつまでたっても他人と衝突することをやめられない者もいた。ある晩、食事中にけんかが勃発した。そっちのサバのほうが大きい、ズルい！

とひとりの少年が隣りの少年に難癖をつけたことが原因だった。いつ殴り合いが始まってもおかしくなかった。二人の争う声は次第に激しさを増していった。その時、立ち上がったのは亜沙だった。亜沙は自分の皿を持って、いい争う二人のあいだに割って入った。

「けんかやめな。わたしのこれ、食べていいから」

亜沙のそのひと声に、一旦は黙った二人だったが、すぐに「いらねえよ！」と、亜沙の手にしていたサバの塩焼きを皿ごと畳の上に叩き落した。結果、亜沙もけんかに加わることとなり、最後は三人とも先生にビンタされて強制終了となった。

その夜遅く、いつまでも泣きやまない亜沙に、先生は何がそんなに悲しいのか、と訊ねた。

誰も食べてくれないんです。亜沙は嗚咽《おえつ》しながら打ち明けた。

先生、わたしの手は、そんなに汚いのでしょうか。

先生は涙に濡れた亜沙の両手をとった。ひっくり返したり、少し持ち上げてみたりして、そうやってしばらく観察していた。そしてまっすぐに亜沙の目を見つめ、いった。

「逆です、きみの手は、きれいすぎる」

その瞬間、亜沙は恋に落ちた。

恋に落ちた亜沙は、より一層、日課のおつとめにせいをだした。人の倍の数の薪を割り、自分の担当以外の日にも率先して掃除洗濯をおこなった。また、みずからボランティアを企画し、仲間達に声をかけて先生の協力のもと実行した。老人ホームで暮らすお年寄りにおしるこをふるまった時、亜沙の配るお椀だけ誰も受け取らなかったが、今さら落ちこむようなことではなかった。施設に隣接する寺でもちつき大会がおこなわれた時、亜沙が素手でちぎったもちだけ大量に余ったことも、傷つきはするが立ち直れないほどではない。恋をした亜沙は強かった。買い出しの手伝いをたのまれて、奥さんと町の食料品店へいった時、隠し持っていた小銭でこっそりハート形のチョコレートを購入した。二月の初めのことだった。先生と二人きりになった観心の間で、亜沙はポケットの中からチョコレートを取りだしていった。

「少し早いんですけど、これ」

「わたしに？」

「はい。先生、チョコお好きですよね。よかったら食べてください」

「いやうれしいな」

と先生は笑った。そしてハート形のチョコレートは、受け取ってはもらえなかった。奥さんがいるのだ。最初からわかっていた。亜沙は手のひらを見つめた。きれいすぎる手のひらを。


施設での暮らしも残すところあと数日となったある日の夕方、亜沙が荷造りをしていると半年間ともに過ごした仲間が声をかけてきた。亜沙姉〜、あさっての自由時間、最後にみんなでスノボしない？

二日後、最後の自由時間。亜沙は駅から出ているバスに乗って仲間たちと隣り町のスキー場へと向かった。スキー場に到着すると、みんなは亜沙を置いて次々にすべっていった。スノーボードの経験がない亜沙は見よう見まねで少しずつ斜面を下った。途中から、板がいうことを聞かなくなった。まっすぐ進めと念じているのに、体はどんどんななめの方向へ加速していく。恐怖のあまり目をつむっていたのがいけなかったのか、気がついた時にはコースから外れ、木々の生い茂る中を恐ろしいほどのスピードですべっていた。

木にぶつかって、亜沙は止まった。

倒れた時に頭を強く打ったらしい。そのまま意識を失い、次に目を覚ました時には、あたりは真っ暗になっていた。

体を起こそうとしたら腰のあたりに激痛が走った。骨が折れているのかもしれない。しばらくじっとしていると、何か動物がこちらに近づいてくるような気配を感じた。キツネか、タヌキか、もしクマだったら食べられる……。亜沙は仰向けに横たわったまま、右のほうにわずかに首をひねった。すると、足下のあたりに光る二つの目を見つけた。クマではなさそうだ。亜沙は自分の右腕が問題なく動くことをたしかめると、上着の胸ポケットの中からチョコレートを取りだした。先生に受け取ってもらえなかったハート形のチョコレート。あの日から捨てられなくてずっと持っていた。亜沙は歯を使って袋をやぶると、足下にいる動物に向かって差しだした。

お食べ……。

動物は雪の上を静かに近づいてきた。

こわくないよ、お食べ……。

どうやらタヌキのようだった。ひとしきり亜沙の手に握られたチョコレートのにおいをかぐと、お腹がすいていないのか、やがてお尻を向けて立ち去っていった。

突然、林の中に亜沙の笑い声が響いた。

アッハハ、アーハッハッハッハッ。口を大きく開け、目から涙を流し、そばに生えている木の根をばしばし叩いた。

「だーれも食べないんだもんなあ！」

亜沙の笑いは止まらなかった。

「なんでだ？　おっかしいの。あーおかしい」

その時、亜沙の頬の上に冷たいものが落ちてきた。

べちゃッと音をたてたその物体を、亜沙は最初、木の枝に積もっていた雪のかたまりだと思った。だが鼻先に感じる甘いにおいと、頬を伝う水分が、何かの果実を思いださせた。なんだろう。

べちゃッ。また落ちてきた。今度はまぶたの上だった。亜沙は口元に飛び散った汁をおそるおそるなめてみた。甘い。食べたことのある味だ。だけどそれが何かは思いだせない。亜沙は手探りで顔のそばに落ちた実を拾い上げ、口に含んだ。甘い。おいしい。あ、種がある。

気がつくと、立ち去ったと思っていたタヌキがいつのまにか仲間を連れて戻ってきていた。横たわる亜沙の横で、ぴちゃぴちゃぴちゃとおいしそうな音をたてながら、木から落ちた甘い実を食べていた。そのようすを横目に見ながら、亜沙はこんど生まれ変わったら木になりたい、と思った。柿の木、桃の木、りんごの木、みかんの木、いちじく、びわ、さくらんぼ。両方の腕にたくさんの甘い実をつけたわたしと、その実を食べにくる森の動物たち。木になりたい。木になろう、遠のいていく意識の中で、そう繰り返しながら、亜沙は人生を終えた。

次に目が覚めた時、亜沙は自分の願いが叶ったことを知る。亜沙は木になっていた。

木になった亜沙には、今が一体いつなのか、ここがどこなのかわからなかった。あたりを見回してみても、目に入ってくるのは自分と同じ木ばかりで、何の手がかりもない。ある日、亜沙のもとによろよろとひとりの人間が近づいてきて、ハラ、ヘッタ……、といいながら倒れた。疲れ切っているのか、倒れた姿のままぴくともしなかったが、やがてむっくり体を起こすと、足を引きずるようにして木々のあいだを東の方角に歩いていった。亜沙はその背中を見つめながら、何もできない自分に悔しさと情けなさを感じていた。

（せっかく木になったのに……）

りんごでも桃でもみかんでも、あの人間に食べさせてやることができたなら、どんなにか良かったろう。

残念ながら、亜沙には甘い果実を与えることはできないのだった。亜沙がなったのは、よりによって杉の木だったからだ。

杉の木の亜沙は、ある日足元から切り倒された。周りの杉と一緒にトラックにのせられ、吹きすさぶ風にさらされながら、ねずみ色の工場に運ばれた。そこでされるがままにまかせていたら、巨大なカッターでスパスパ切られ、あれよあれよというまにどんどん細く、小さくなった。ベルトコンベアにのせられて、乾いた部屋に連れていかれ、また移動したかと思ったら、最終的に透明な細い袋に入れられた。切り倒されてから一週間、気がついたらわりばしになっていた。

わりばしとして出荷された亜沙は、何度か車を乗り替えて、とあるコンビニのレジの下にある引き出しの中に三日間だけ落ち着いた。三日後、ひょいと持ち上げられて、カップラーメンと幕の内弁当と缶ビールと冷奴セットの隙間に放りこまれた。また移動。五分ほど揺られたのちに亜沙が辿り着いたのは、壁を蔦《つた》に覆われた古い一軒家だった。

「ただいまー」

その家には若者とガイコツが住んでいた。コンビニから亜沙を連れて帰ってきたのは若者だ。ガイコツだと思ったのは若者の父親だった。

「父さん。めしにしようよ」

二人は汚い台所で向かい合って食事をした。若者は自分のコップに麦茶を注ぎ、父親は冷奴をつまみに昼間からビールを飲んだ。

「こっちも食べなよ」

息子にいわれて、父親は幕の内弁当の中のウインナーをはしでつまむと、自分の冷奴の容器に移した。

「それだけ？」

食欲がないのか、ウインナーをひとかじりしただけで、父親ははしを置いた。

「もういいの？」

「ああ、もういい。満腹丸」

若者はため息をついて、幕の内弁当を自分のほうに引き寄せた。「じゃあ、残り食べちゃうよ」

若者は細長いビニール袋をぺりりとやぶった。瞬間、新鮮な空気が亜沙の細胞という細胞に入りこんだ。亜沙は全身で息をした。

若者は亜沙の腕をつかんで縦に割った。パキッ！　と良い音がした。それが始まりの合図だった。わりばしの亜沙は何をどうすれば良いのか知っていた。大きく息を吸いこむと、ひろげた両手を温かいごはんの中にためらいなく突っこんだ。そして一気にすくい上げる。わー、と若者が口を開けた時、亜沙も一緒に「わーい」と叫んでいた。

食べた。

口から両腕を引き抜くと、休むまもなく今度はからあげに手を伸ばし、それをつかんだ。からあげも食べた。

お腹がすいていたのか、若者はよく嚙みもせずに飲みこみ、すぐにぱかと口を開けた。亜沙は何度も白飯に飛びこんだ。おかずばかりに集中すると最後にごはんが余るので、たまにゴマ塩だけでごはんを食べてもらったり、揚げ物のあとにキャベツの千切りで口の中をさっぱりさせたりといった気遣いも忘れなかった。最後に、点々と散らばったごはん粒を両手ですべてかき集めて、若者の口の中に届けた時、亜沙の目から涙がこぼれた。

「あーおいしかった、ごちそうさま」

すでに父親の姿はなく、若者は台所のテーブルでひとり両手を合わせた。その言葉は他の誰に向けられたのでもなかった。それは、亜沙に向けられた、初めての言葉だった。若者はテーブルの上のコンビニ袋を手に取った。その中にからになった弁当の容器、父親の残した冷奴、亜沙を包んでいたビニール袋をポイポイと放り入れた。そして一番最後に亜沙の体をつかんだ。亜沙は若者の手をわずらわせまいと、感謝の気持ちをこめて、みずからコンビニ袋の中にすべりこもうとした。だが若者は、そこで意外な行動にでた。亜沙の体を麦茶の入っていたコップの中に突っ立てたのだ。そして椅子から立ち上がると、そのまま台所の流しまで持っていった。何が起こっているのかわからなかった。亜沙は泡の付いたスポンジで二、三回体の表面をこすられ、水で流され、流しの横の水切りかごに入れられた。

そしてその日の夜には、今度はラーメンをすくい上げていた。

若者は亜沙のすくったちぢれ麺をいきおいよくすすり、激しくむせた。「落ち着いて」亜沙はいった。そして再び洗われて、水切りかごの中に入れられた。

これで最後、今度こそ最後、と亜沙は何度も自分にいい聞かせた。だが若者は、毎回律儀に亜沙を洗い、乾かし、数時間後にはまた手に取った。

亜沙の差しだしたものを食べる時、若者はなんともいえない、幸せに満ちた、良い顔をした。亜沙は肩まで、あるいは腰まで若者の口の中に入っていった。腕を引き抜く瞬間にはいつでも背中に鳥肌がたった。ごくたまに、若者の父親にも食べさせた。奥歯のない父親のために手に取るごはんの量は少しだけ。大きなものはあらかじめ皿の上で食べやすいサイズにちぎってから口に運んだ。若者の時は毎回肩までびしょびしょになるのだが、父親は唾液が少ないせいか指先がほんの少し湿る程度だった。最近父親に食べさせてないな、と思っていた矢先、父親が死んだ。ずっと病気だったらしい。

若者はひどく悲しんだ。

「食べなきゃだめよ。こういう時こそ、食べなくちゃ」

初七日が明けて数日がたった日の夜、若者は久しぶりにコンビニへでかけた。亜沙が差しだすチキンカツにかぶりつくと、満足気にうなずいた。

「おいしい？」

父親の死から三カ月もたつころには、元の食欲旺盛な若者に戻った。毎朝、位牌に手を合わせたあと、亜沙でたまごかけごはんをかきこんだ。

ある日、若者が急に家の中を片づけ始めた。父親と暮らしていた時から掃除している姿など一度も見たことがない。濡れたタオルでテーブルや窓ガラスを拭いたり、ほうきで廊下にたまったほこりをかき集めたり、シーツの洗濯までしていた。一体何が起こったのかと心配になるほどの働きぶりだったが、その理由は翌日明らかになった。

若者に彼女ができたのだ。

茶色いロングヘアの小柄な女の子だった。水切りかごの中で、亜沙は若者と彼女の会話をドキドキしながら聞いていた。二人は店の従業員と客として知り合ったらしかった。彼女は体を酷使する仕事をしていて、若者は彼女に店を辞めてくれないか、といった。

「おれが代わりに働くから」

「本当に？」

「うん、約束する。おれが働いてミユキちゃんを幸せにする」

「それって」

「結婚しよう」

若者は引っ越すことになった。彼女の住んでいるマンションに転がりこむかたちだ。

引っ越し作業を手伝うために、彼女は連日若者の家に通った。

「よーし。やるぞー」

茶色い髪を後ろで束ね、腕まくりをした彼女が大きなポリ袋の中に手当たり次第にものを放りこんでいった。

「よくもまあ、こんなにガラクタばっかり溜めこんだわねえ」

若者は苦笑いした。彼女の片づけるようすを何かいいたげな顔で見ていたが、すでに尻に敷かれているのか、特に口出しはしなかった。

ある日、彼女は水切りかごの中に隠れていた亜沙をヒョイとつまみ上げてポリ袋に入れた。

「ちょっと待って」

「ん？」

「いま、何入れた？」

「何って?」

「いま、その袋の中に入れたものだよ」

「これのこと?」

彼女はとがった爪の先で亜沙の体半分をつまんでみせた。

「それは置いといて」

「は?」と彼女は眉間にしわを寄せた。「これだよ?」

「うん、置いといて」

若者がいった。

「どうして? これだよ?」

ともう一度彼女がいった。

「なんか、捨てられないんだ。置いといて」

「置いといてどうすんのよ。使うの?」

「うん」

「あのさあ。前から思ってたんだけど、わりばし洗って使うのやめたほうがいいよ。貧乏くさい」

「そうかな。使えるものは使ったほうがいいと思うけど。それに、ミユキちゃんにとってはただのわりばしかもしれないけど、おれにとっては特別なわりばしだってことも、ひょっとしたらあるかもしれないだろ」

「特別ってどう特別なのよ」

「どうって、それは、うまくいえないけど……」

「捨てちゃうから」

「あっ。やめろ」

「ハイ捨てた」

「バカッ」

「きゃッ。何よ痛、痛い」

「返せっ」

「痛い」

若者は彼女の手からポリ袋を奪い取った。

彼女は泣きながら部屋を飛びだしていき、それきり帰ってこなかった。

若者は再び元の暮らしに戻った。亜沙にごはんを食べさせてもらう毎日に。

彼女に就職すると宣言した若者だったが、彼女が去って就職する必要がなくなった。眠りたい時に眠り、起きたい時に起き、テレビを観たり、コンビニにいったり、また寝たり、と自由気ままな生活を送った。

（これがずっと続きますように）

ごはんで丸くふくらんだ若者のほっぺたを見上げながら亜沙は願った。願いが通じたのか、その平和で安全な日々は本当に長く続いたのだった。

彼女と別れて以来、長らく訪問客が途絶えていた若者の家に、ある日突然、大荷物を抱えた集団がやってきた。その中のひとりは亜沙も見たことがあった。テレビによくでているお笑い芸人だ。お笑い芸人は若者のことを「おとーさん！」と呼んだ。

おとーさん！　まずは、いるものといらないものを分けましょう！

おとーさん！　日記なんて読み始めたらいつになっても終わりませんよ！

おとーさん、手動かして、あっ、ペコちゃん人形！　こんなのどこから拾ってきたんすか！

ほら、おとーさん！　やっと畳が見えてきた！　カメラさん見えますか！

お笑い芸人はいつかの彼女のように、そこらにあるものを片っぱしからかき集めてポリ袋の中に入れていった。そのたびに若者は袋を奪って中を確認し、大事なものを引っぱりだした。

それはさわらないように、とか、それはまだ使うから、とか、そっちの部屋には入らないでくれ、とか、逐一若者が口をだすために作業はなかなかすすまなかった。次第にイライラしてきたお笑い芸人が若者を強い口調で叱りつけた。

おとーさん！　捨てられない捨てられないってさっきから！　だからおれが代わりに捨ててやるっていってんだ！

お笑い芸人は若者の手から強引にポリ袋を奪い取り、異臭を放つ台所へ足を踏み入れた。

やめてくれと背中にすがりついた若者を、うるせえ！　と一蹴すると、まずは流しに溜まった鍋や食器をポリ袋に投げ入れ、続いて水切りかごの中のわりばしの束を軍手をはめた手でわしづかみにした。その束の中には亜沙もいた。

「あっ。だめ」

若者が飛んできて、お笑い芸人の腕にくらいついた。

「わっ。危ない。急に何するんすか。危ないなあ！」

「返せ」

「ちょっとやめてくださいよ」

「返せ」

「やめろ、やめろってば。離せよっ」

お笑い芸人は若者の体を突き飛ばした。若者は冷蔵庫のドアに後頭部を打ちつけ、床にずるずると倒れこんだ。

救急車！　救急車！　まもなくサイレンの音が聴こえ、若者は病院に運ばれた。

撮影隊が撤退し、人影のなくなった家の中に、ざわざわと若者の体を案じる声がひろがった。

——心配だなあ。

——大丈夫かしら。

——すごい音したね。

——頭だろ。

——無事だといいけど。

──あいつテレビで見るのと全然ちがうな。

それは亜沙の仲間たちの声だった。若者の家にはわりばしになった亜沙の他に、枕になった真奈や、ドアノブになった翔や、掛け布団になった裕太や、毛布になった香織、岩になったみちるや、ハンガーになった典子、ペコちゃん人形になった義雄、リュックサックになった朋江、サボテンになった宗一郎などがいた。みんなそれぞれに、おもに子供時代に、亜沙が味わってきたような感覚を味わい、味わい続け、そして死んでいった人たちだ。

若者は、そういう人たちを、本当に大切にした。

──無事でいてください。どうか、お願い──。亜沙は一晩中祈り続けた。

翌朝、若者は頭に包帯を巻いて帰宅した。血がたくさんでたので心配したが、どうやら後頭部を少し縫っただけで済んだようだ。テレビの撮影は当然中止となり、また若者と亜沙たちの、平和で幸福な日々が戻ってきた。

「はい、どうぞ」亜沙が差しだしたごはんを、若者がおいしそうに口に含む日々。

「あったかい？」掛け布団になった裕太が、若者の背中を抱きしめる日々。

「あったか〜い」毛布になった香織が、若者に抱きしめられる日々。ドアノブになった翔が、若者と握手する日々。ハンガーになった典子が、若者に服を着せてもらう日々。リュックサックになった朋江が、若者におんぶしてもらう日々。ペコちゃん人形になった義雄が、若者に良い子良い子してもらう日々。今度こそ、そんな日々がずっと続くと思っていた。

撮影隊との一件があってからまもなくして、再び若者の家のチャイムが鳴った。やってきたのは役所の人間だった。最初はおとなしく話を聞いていた若者だったが、三回目の訪問で亜沙たちに危険が及ぶことを察知すると、突然怒りだし、彼らを無理矢理追い返した。その後も人数を増やしたり減らしたりしながら役所の人間はやってきたが、その度に若者はホースで水をまき散らしたり、大声をだして威嚇《いかく》したりと、とにかく亜沙たちの身を守るため、全力で戦った。

しかしついに、一通の令書が若者のもとに届けられた。それは「行政代執行」をおこなうという役所からの戒告だった。

ギョウセイダイシッコウ。何のことかわかっていない裕太に、亜沙は説明してやった。仲間たちは役人のやり方に腹を立て、そして嘆き悲しんだ。香織が若者とはなればなれになるくらいなら死んだほうがましだと叫んだ。みんな同じ気持ちだった。

その日の深夜、若者の眠る部屋のすみでは、読書灯になった智花を仲間たちが静かに励ましていた。

——がんばれがんばれ。

——もうひと息だ。

——一旦休憩しよう。

——次で決めよう。

智花の頭上では、文庫本になった晃がページをひろげてスタンバイしていた。周りの声援にこたえるように、智花はもう一度大きく息を吸いこむと、真っ赤な顔でウーン！　といきんだ。——よし！　頭の薄いガラスがぱりんと割れて、中からあらわれた熱線が晃の一ページにポッと小さな火をつけた。その火は瞬時に晃全体を包みこみ、あっというまに大きくなった。義雄を溶かし、朋江や宗一郎を巻きこみながら、オレンジ色の炎はカーテン、たんす、ふすまと部屋の中を移動した。寝室の窓が割れ、バキバキ音をたてながら天井が落ちてきた。裕太の腕に抱かれていびきをかいていた若者は、とっくに火柱の陰に隠れて見えなくなった。風が吹き、火の粉のシャワーが台所の水切りかごの中にも降り注いだ。かつてきれいすぎるといわれた手のひらは今では爪の中までカビだらけだ。その黒く汚い両手を高らかに掲げ、亜沙は炎に包まれていった。

的になった七未

七未《なみ》が通っていた保育園は、赤くとがった屋根が目印だった。広々とした園庭には、キリンのすべり台やワニのシーソー、ぐるぐる回転する円盤型の遊具に、クヌギやサクラやサルスベリなどの樹木、更にはウサギ小屋にヤギ小屋にニワトリ小屋まであった。五歳の秋、七未はこの園庭でみんなと一緒にどんぐり拾いをして遊んでいた。

七未のクラスの先生は、子供たちからマキ先生と呼ばれ親しまれている若い女の先生だった。いつも笑顔のマキ先生は、子供たちが拾ったどんぐりを見せにいくたび、「わー、すごいね」と言って頭をなでた。七未が何個目かのどんぐりを拾い上げた時、園庭の真ん中で男の子たちがけんかを始めた。マキ先生はすぐに止めに入ったが、けんかは一向に収まらなかった。二人の男の子は口汚く罵《ののし》り合い、お互いの体にどんぐりを投げ合った。外の騒ぎが気になるのか、ヤギも小屋から顔をのぞかせた。と、その時、一方の投げたどんぐりが、不運にもヤギの顔に命中した。ヤギは、ミッと短く鳴いて小屋の中に引っこんだ。「コラ」と、滅多に怒らないマキ先生が怒った。

「どうかしましたか?」

そこへいきなり登場したのは、この保育園の園長だった。「園長先生」と、マキ先生が言ったので、つっかけを履いてこちらにやってくるおじさんは、そうか、園長先生なのか、と七未は思った。園長は腕組みをしながらマキ先生の話を聞いた。聞き終わると子供たちに向かって「遊ぶのやめっ」と怒鳴った。

「そこに並べっ」

園庭にいた子供たち全員を、ワニのシーソーの前に整列させた。

園長は、みんなが拾い集めたどんぐりを順番に回収し始めた。手に握っているものだけでなく、ポケットの中に入れてあるのも、すべて出すよう命令した。回収したどんぐりは、お砂場遊びの時に使う小さな赤いバケツに入れた。

「これで全部か」

そう言うと、園長はバケツの中からおもむろに一個つまみ取り、先ほどけんかをしていた二人の男の子のうち、一方に向かって投げつけた。

「痛っ」

と、どんぐりを当てられた子が言った。園長はもう一個どんぐりをつまむと、もう一方の子にも同じように投げつけた。

「痛いっ」

ふえ〜ん、ふえ〜ん。男の子二人は声を揃えて泣きだした。

「ミルクの気持ちがわかったか！」

園長は言った。ミルクはヤギの名前だ。

「みんなも、わかったか！」

みんなはコクコクと頷《うなず》いた。七未も、頷いた。

「いーや。わかってない」

ゆっくりと左右に首を振り、園長は続けた。「きみたちは、なーんもわかってない。ミルクがどれだけ怖かったか、どれだけ痛かったか。いいか、痛みというものは、自分で体験して初めて理解できるものなのだ」

そしてまたどんぐりを一個つまみ取った。

「ミルクはな、ミルクは……、このぐらい痛かったんだっ」

と、今度は別の子に狙いを定めて投げつけた。どんぐりを当てられたその子は、ふえ〜んと泣きだした。

「わかったか」

園長は言い、またバケツの中に手を入れた。

そこから先は、まるで流れ作業みたいに淡々と進んでいった。横一列に並んだ子供たちに向かって、園長が、わかったか、わかったか、と言いながら、どんぐりの当たった子から順番に、ふえ〜って、次々とどんぐりを投げつけていく。どんぐりの当たった子から順番に、ふえ〜んと泣きだす。泣きだした子から、マキ先生の所へ助けを求めに駆け寄っていく。マキ先生は泣いている子の涙をハンカチで優しく拭《ふ》いてやり、よしよしと頭を二回なでてから、園舎のほうへ背中をそうっと押してやる。「もう大丈夫だから、ね。教室でおりこうにしてなさい」。そうして、子供たちは、一人、また一人、と園庭からいなくなった。

七未は最後まで園庭に残った。園長の投げたどんぐりが、七未にだけ、なかなか命中しなかったからだ。

「おい、よけるな」

次第にいらいらとしてきた園長が、怖い顔で言った。

「待て、逃げるな」

あまりの恐怖に七未はその場に立っていられなくなり、ついに駆けだしてしまった。

「こら、待てったら！」

気づけば七未と園長は二人で園庭を走り回っていた。どんぐりの詰まったバケツを手にした園長が、どこまでもどこまでも追いかけてくる。

「待てっ。くそっ」

何十個ものどんぐりが、七未に向かって投げつけられた。投げられたどんぐりは、すべて七未の頭上や体の横を通過して、動物たちの小屋の壁や遊具に当たって跳ね返った。次第に園長は、待てと言わなくなった。その辺に落ちているどんぐりを拾っては七未に向かって無言で投げ続けた。

いつ終わるとも知れないどんぐり攻撃から逃げ回っているその最中、七未は、ふと自分の名前が呼ばれたのを耳にした。「ナナちゃん」と、その声は上のほうから聴こえてきた。

見上げると、先に教室に戻ったみんなが、二階の窓から身を乗りだして、七未に向かって手を振っていた。

「がんばれ、がんばれ」

「ナナちゃんがんばれ」

「がんばれ、がんばれ」

「ナナちゃん、はやく」

七未の名前は、「七未」と書いて「ナミ」と読むのだが、子供時代は、ナナちゃんの愛称で親しまれていた。

「がんばれ、がんばれ」

「ナナちゃんがんばれ」

「がんばれ、がんばれ」

「ナナちゃん、はやく」

この時、みんなの手に何か小さなものが握られていたことを、七未は見逃さなかった。その小さなものが何なのか、七未は一目見てすぐにわかった。ビスケットだ。動物の形をしたビスケット。

みんなはビスケットを握っている。そしてビスケットを握っていないほうの手には、マキ先生が注いでくれた牛乳の入ったコップを持っている。

「がんばれ、がんばれ」

「ナナちゃんがんばれ」

いつのまにおやつの時間になったんだろう、と七末は思った。

みんなは、動物ビスケットをかじりながら、そして冷たい牛乳を飲みながら、園庭にいる七末に向かって声援を送っているのだった。がんばれ、がんばれ、ナナちゃんがんばれ。

職員の誰かが通報したのか、その後、園庭に入ってきた二人の警察官によって園長は取り押さえられた。人が手錠をかけられる瞬間を幼き日の七末は間近に見ていた。

ケガはないか、どこか痛くないか、警察官から質問されたが、七末は首を振って、「ない」とこたえた。みんなと違って、七末は無傷だった。園長の投げたどんぐりは、七末にだけ、ついに一個も当たらなかったのだ。

「どんぐり事件」と名付けられたこの一件は、しばらく地元民たちの間で話題となった。これだけインパクトのある出来事も、半年もたつと人々の記憶から徐々に薄れていくものなのか、翌年の春には親も子も誰も口にしなくなっていた。事件の記憶をそっと胸の奥に仕舞いこんだまま、七未は卒園の日を迎え、四月から小学生になった。

保育園は家のすぐ近くにあったのだが、小学校までは歩いて四十分もかかった。七未の実家は青果店を営んでいて、家の人たちはいつも忙しくしていたので、七未は毎朝自分で朝食の用意をした。

七未が一年生の時に、こんなことがあった。

その日は土曜日で、授業は午前中で終わりだった。七未は四十分をかけて自宅に帰り、朝、半分残しておいたパンを食べたあと、再び四十分をかけて学校に戻った。校庭の鉄棒で逆上がりの練習をするためだった。小学校の校庭は、日曜と祝日以外なら誰でも自由に利用していいことになっていた。この日七未が到着した時にはすでに数人が校庭で遊んでいた。七未と背格好が同じくらいの、小さな子ばかりだった。人気のブランコやジャングルジムと違い、鉄棒で遊んでいる子は一人もいなかった。七未は早速、練習を始めた。三十分後、少し休憩しようと花壇の脇に腰を下ろした時だった。突然、リンリンリンリンとけたたましいベルの音がした。見ると、自転車にまたがった集団が、校門をくぐってこちらに向かってこようとしていた。彼らは手洗い場の横に自転車を停め、「どけ！　チビども！」と、ブランコやジャングルジムで遊んでいた子供たちに向かって大声を張り上げた。「今からおれたちがここを使う！」

その背格好と口調から六年生だと思われた。自転車で校庭に進入することも、遊具を占領することも、どちらも禁止されている。いつもなら事態に気づいた先生が職員室から飛びだしてくるのだが、この日に限ってはなぜか誰も出てこなかった。

「どけって言ってるんだよ！　わかんねえのか！」

みんなが一斉に校門に向かって走りだしたのを見て、七未も慌てて立ち上がった。彼らの前を走って通り過ぎると、今度は背後で「おい、止まれ！」という声がした。

足を止めて振り向くと、六年生の誰かがこちらに向かって何かを放ったのが見えた。野球ボールほどの大きさの、オレンジ色をした球体だった。球体は七未の頭の上を飛び越えて、七未のななめ後ろにいた子の頭に当たり、パン！　と音を立てて割れた。

「キャアッ」

その子の髪と顔が、一瞬でびしょ濡れになった。六年生が投げたのは水風船だった。

「イエーイ！　命中！」

続いて二投目、三投目の水風船が飛んできた。二投目の青い水風船は七未の左隣りにいた男の子の肩に当たって割れ、三投目のピンクの水風船は七未のすぐ右隣りにいた女の子の腹に当たって割れた。校庭の至るところで風船のはじける音と悲鳴が上がった。手洗い場では次から次へと新しい水風船が作られていた。キャア、冷たい、痛い。大人は助けにこなかった。一階の職員室には誰もいないのか、窓には人影一つ映らなかった。びしょ濡れになった子たちは泣きながら校門をくぐり抜け、一目散にそれぞれの自宅へと走っていった。七未も自分の家を目指して走った。走る七未の背中を自転車に乗った六年生たちが追いかけた。当然すぐに追いつかれ、水風船を投げられた。

「とりゃっ」という掛け声と共に背後から放たれた一投は七未の目の前の電柱に当たって割れた。「くらえっ」と、左右の手から同時に放たれた二つの水風船は、一つは七未の足下に落ちて割れ、もう一つは板壁に貼られた選挙ポスターに当たって割れた。

「チクショー、また外した！」

二つ同時投げをした子が、いら立ったようすで自転車のハンドルを叩いた。

「こうなったら、当てるまでやってやる！」

その宣言通り、彼らの攻撃は延々続いた。いつになったら終わるのか、七未には見当もつかなかった。しまった、ストックが無くなった、と連中が騒ぎ始めたその隙に、七未は目の前の石塀をよじ登り、よその家の庭を突っ切った。自分の家を目指しているのだったが、一体ここがどこなのか今やわからなくなっていた。恐怖と疲労で足が思うように進まなくなり、何度も転びそうになった。「ナナちゃん」と、自分の名前を呼ぶ声が聴こえてきたのは、見覚えのない住宅街を足を引きずりながら歩いていた時だ。

「ナナちゃん」

声のしたほうに目をやると、すぐそばの二階の窓から見たことのある顔がのぞいていた。

あ、と七未は思った。

でも、誰だっけ。

名前は思いだせなかった。ついさっきまで、校庭で一緒に逃げ回っていた子だ。水風船を何度も当てられ顔も髪もびしょ濡れになっていたのに、今はすっかり乾いているようだ。

「ナナちゃん」

何？　と七末は返事をした。

「ナナちゃんがんばれ」

え？

その時、七末の背後の家の二階の窓がスッと開いた。

続いて、その隣りの家の二階の窓も、スッと開いた。

「がんばれ、がんばれ」

「ナナちゃんがんばれ」

「がんばれ、がんばれ」

「ナナちゃんがんばれ」

「ナナちゃん、はやく」

「はやく、はやく」

七末は再び走りだした。

右に曲がれば右の家の窓がスッと開き、まっすぐ進めば正面に見える家の窓がスッと開いた。こっちの角を曲がればこっちの家の窓がスッと開き、遠くを見れば遠くの家の窓がスッと開いた。窓から顔を突きだして、七末に声援を送っているのは、先ほどまで校庭で一緒に逃げ回っていた面々だ。

「がんばれ、がんばれ」

「ナナちゃんがんばれ」

「がんばれ、がんばれ」

「ナナちゃん、はやく、はやく」

「はやく、はやく」

七未は犬小屋や生垣などに身を隠しながら逃げ続けた。自転車のベルの音が通り過ぎるのを待っている間は生きた心地がしなかった。

ようやく自宅に辿り着いたのは、日も暮れかけてきた頃だった。家の人は、帰宅した七未の姿を見ても特に何も言わなかった。服や髪が濡れていれば、一体何があったのか訊ねるくらいはしたかもしれない。だけどその点で言うなら、七未の髪はサラサラで、服はカラカラだったのだ。どんぐり事件の時とおんなじだ。七未に向かって投げられた水風船は、最後まで、一個も当たらなかった。七未はこの一件を、みずから「水風船事件」と名付けた。

その後も同じような出来事が七未の身に降りかかった。「ドッジボール事件」に、

「空き缶事件」だ。

ドッジボール事件が起きた時、七未は小学三年生だった。互いの体にボールをぶつけ合うこの球技のことを、七未は小学校に入学するまで知らなかった。ボールが当たった子は、大げさに「死んだー」と叫びながらコートの外へ出ていった。その後、外野から相手チームの子にボールを投げて見事に当たると、今度は「生き返ったー」と言いながらコート内に戻ってきた。コート内の人間が残り一名になると、手拍子と共にこんなコールが湧き起こった。「あとひとり、あとひとり」

最後の一人になるのは決まって七未だった。七未の頭上を、体の真横を、ボールが回転しながら過ぎていった。一度死んだ子が生き返っても、またすぐに死んでコートの外に出ていった。くる日もくる日も、コート内に残されるのは七未ただ一人。休憩終了のチャイムが鳴るまで、七未はコートの中を逃げ回った。

事件が起こったのは、夏休みを間近に控えたある日のお昼過ぎだった。この日はどういうわけか、休憩の終了を知らせるチャイムが鳴らなかった。五時間目の授業開始時刻から、五分が過ぎた頃に、担任の女の先生が校庭まで呼びにきた。

「みんなー。もう昼休み終わってるわよー」

大股で走ったせいか、先生のスカートの裾はめくれていた。

「さあ、さあ、さあ、早く教室に戻って。とっくに授業始まってるのよ」

先生は校庭にいる子供たちのおしりを叩いて回った。そして一番最後に、自分の受け持ちのクラスの子供たちの所へきて言った。

「さあ、あなたたちもよ。いつまで遊んでるの。五時間目は図工でしょう」

えー、まだチャイム鳴ってないのにー。子供たちが抗議の声を上げると、「チャイムね、壊れちゃったんだって。修理に時間かかるみたいだから、今日は時計見ながら行動しましょうね」

そう言ったあと、ふと体の動きを止めて一点を見つめた。

先生の向けた視線の先にはコート内にぽつんと佇む七未がいた。

「これは一体どういうこと？」

先生は子供たちに向き直り、一人一人の顔を見回した。「大勢で、たった一人を攻撃してたの？」

ちがうよ！　遊んでただけだよ！　ドッジだもん！　子供たちは一斉に反論の声を上げたのだが、先生は聞く耳をもたなかった。

「遊びだからって、一方的にボールを投げつけてもいいのかしら？　これじゃまるで弱い者いじめじゃない。ドッジはチームで戦うスポーツでしょう。チームで戦うスポーツは力のバランスが同じじゃないと面白くないわ。よってたかって一人を攻撃して、一体何が面白いの？」

七未が名前も忘れてしまったこの先生は、日頃から思いこみが激しく、話の通じない人だった。鼻からフーッと息を吐くと、「いいわ。今から先生、こっちのチームに入ります」と宣言し、七未のいるコートに入ってきた。

「先生がきたからにはもう大丈夫よ」

そう言って七未の肩をポンと叩いた。

「あなたたちは全員、あっちのコートに入りなさい」

七未以外の子供たちには、そう指示をした。

「これでバランスが整うわ。何を隠そう、先生ね、昔ハンドボールの選手だったのよ。こう見えても腕におぼえがあるの。さあこい！　どっからでもかかってこい！」

両腕を広げて奇妙なポーズをとった先生のことを、ぽかんとした表情で見つめていた子供たちも、次第に面白そうだと思い始めたのか次々にコートに入っていった。最終的に全員がコートに入り、先生対子供たちの試合が始まった。

昔ハンドボールの選手だったというのはどうやら本当の話らしい。先生はどんなに高いボールも見事にキャッチし、即、投げ返した。目に見えないほど速いボールが、子供たちの胸や足に次々に命中した。試合開始直後にボールを当てられ、早々に出番を失くした子供たちが外野で文句を言いだした。つまんないよー、せんせー、授業はー？　五時間目は図工だよー。

ちょうど飛んできたボールをジャンプでキャッチした先生は、

「オッケー！　じゃあ、ボールが当たった人から教室で自習にするわ！」

と叫んで投げ返した。やったー、自習だー、喜びの声を上げながら一人去り、二人去り、あっというまに相手チームは全滅した。

誰もいなくなったコートを見つめ、先生は「つまんないの」とつぶやいた。そして、ゆっくり後ろを振り向いた。振り向いた先には七未がいた。七未は試合中、ずっと先生の陰に隠れて相手チームの攻撃から逃れていたのだ。

先生は七未を見てニヤリと笑った。手にしたボールを七未に向けて構えると、「あとひとり」と言った。

味方じゃなかったのか。驚いた七未は思わず駆けだした。コートの線を飛び越えて、グラウンドを一直線に横切った。

「逃げるなっ！」

ボールを手にした先生が追いかけてきた。もはやドッジでも何でもなかった。

「逃げるなって言ってる！」

先生の投げた剛速球は七未の腰のあたりをかすめて体育倉庫のほうまで転がっていった。先生は転がったボールを走って追いかけ、拾い上げるとまた七未に向かって投げつけた。

「待てっ！　止まれってば！」

七未は逃げた。途中で転んでもすぐに起き上がって走りだした。

息を切らしながら走る七未の頭上で、何かがチラチラと揺れていた。さっきから、ずっと揺れているのだ。それが何なのか、七未は気になって仕方なかった。何だろう。折り紙？　何だ？　七未は顔を上げて目を細めた。

そこにあったのは、「が」「ん」「ば」「れ」「、」「が」「ん」「ば」「れ」の文字だった。二階の教室の窓にそれらは一枚一枚貼られていた。

図工の授業で使うため、先生が用意しておいた画用紙にみんなで絵の具を使って描いたらしい。字の色も大きさもバラバラだった。青、ピンク、黄、赤、緑、紫。色とりどりの、「が」「ん」「ば」「れ」「、」「が」「ん」「ば」「れ」。

ふいに、画用紙が同時にパタパタパタパタとめくられた。すると文字の並びが、「ナ」「ち」「や」「ん」「が」「ん」「ば」「れ」に変わった。

七未の口から嗚咽が漏れた。

「が」「ん」「ば」「れ」「、」「が」「ん」「ば」「れ」「ナ」「ナ」「ち」「や」「ん」「が」「ん」「ば」「れ」「ナ」「ナ」「ち」「や」「ん」「は」「や」「く」「は」「や」「く」「、」「は」「や」「く」

この時はまだ、みんなのくれたメッセージの本当の意味を、七未は理解していなかった。

その後、七未を追いかけ回した先生は足をもつれさせて転倒、教頭先生の運転する車で病院へ運ばれた。複雑骨折と診断され、しばらく学校を休んでいたのだが、それきり辞めてしまったのか二度と学校に姿を現すことはなかった。

ちなみに先生の投げたボールは、一回も七未に当たらなかった。これが、「ドッジボール事件」だ。

七未の通っていた小学校では、以来ドッジボールが禁止された。突然娯楽を奪われた子供たち、特に上級生たちは憤慨し、怒りの矛先は七未へと向けられた。おまえのせいでドッジができなくなったと言いがかりをつけ、毎日のように七未の上履きの中に虫の死骸や犬のフンを入れた。七未は次第に学校を休みがちになっていった。

学校を休んだ七未はこっそり家を抜けだして、地元民から「お山」と呼ばれている小高い丘の上で過ごした。町の共同墓地を見下ろす位置にあるこの丘には、幼い頃から墓参りのついでに両親とよく立ち寄った。木でできたベンチが一つあり、そこに家族三人腰を下ろしておにぎりを食べるのが、お盆の恒例行事だった。

平日の昼間、一人でこの場所を訪れた七未は、おにぎりではなく飴玉をなめ、家から持参した漫画を読むなどして時間を潰した。

この場所で、七未は、ぬの太郎と知り合った。

町で彼のことを知らない者はいなかった。もちろん七未もその存在は知っていた。ぬの太郎は廃品回収業を生業としている老人だった。朝から晩まで自分の背丈ほどもある大きなポリ袋を肩に担ぎ、町を徘徊する姿は風景の一部みたいなものだった。ぬの太郎には家が無い、と言われていた。その一方で、じつは大地主の跡取りなのだとも言われていた。子供を殺したことがある、とも言われていたし、廃品回収業で手に入れたお金はすべてユニセフに寄付している、とも言われていた。

七未が、ぬの太郎から突然話しかけられたのは、いつものベンチに腰かけてジュースを飲んでいた時だった。

「ねえねえ、女の子」

後ろから肩をつんつん突かれた。振り返ると、ぬの太郎が立っていた。

「飲み終わったら、それちょうだいね」

突然のことに驚きはしたが七未はウンと頷いた。ぬの太郎がちょうだいと言っているのは七未が手にしているオレンジジュースの缶のことだった。ヨッコラセ、ぬの太郎は肩に担いでいたポリ袋をベンチの近くに下ろし、草の上にあぐらをかいた。汚れた袖で額の汗を拭うと、シャツのポケットの中から折れ曲がった煙草を一本取りだし、火をつけた。

透明な袋の中には、空き缶が半分くらいまで詰まっていた。七未と目が合うと少し照れ臭そうに、「まだまだ、これからよ」と言った。

そうですね、七未は相槌を打った。すると、ぬの太郎がニッと笑った。黒くてギザギザの歯が一本、ぶら下がっているように生えていた。

ぬの太郎が待っているので、七未は急いでジュースを飲んだ。空になった缶を差しだすと、ぬの太郎は黒い手でそれを受け取り、「まいどあり」と言った。

その日以来、七未は、お山へ行く時は必ずジュースを持参するようになった。ぬの太郎は日によって姿を見せる時と見せない時があった。姿を見せない時は、ジュースを飲み干し、空っぽになった缶をベンチの上に置いて、お山を下りた。翌日見に行ってみると、缶はちゃんと回収されていた。

金銭的事情でジュースを買えない時は空き缶だけを持参した。家のゴミ箱を漁って手に入れたお酒や缶詰の空き缶をぬの太郎に渡す瞬間、七未はいつも少しだけドキドキした。ぬの太郎がお決まりのセリフ、「まいどあり」を言う時、必ず黒いギザギザの歯が見えるからだった。

そしてその日も、学校を休んだ七未は、お山へと向かった。空き缶は持っていなかった。ジュースを買うお金はなく、家のゴミ箱の中にも缶は見当たらなかった。どこかに転がっていないだろうかと、七未はキョロキョロしながら歩いていた。すぐに見つかるかと思ったが、どこを探しても見つけられなかった。公園のゴミ箱も、側溝も、自動販売機の横のゴミ箱の中にも、空き缶は入っていなかった。探し続けて一時間、空き缶ではなかったが、空きビンが見つかった。「ビタミン」と書かれたラベルの貼られた、茶色い、小さなビンだった。七未はビンを片手に、お山へと向かった。

お山のベンチのすぐ近くに、ぬの太郎はいた。ベンチに座らない主義のぬの太郎は、この時も草の上にあぐらをかいて煙草をふかしていた。そばに置かれたポリ袋には今にもこぼれ落ちそうなほど、空き缶がパンパンに詰まっていた。町中のどこにも缶が見当たらなかったのは、すでにぬの太郎が回収したあとだったからだ。七未が丘を登ってくるのに気がつくと、ぬの太郎は、おう、と片手を挙げた。二人はすっかり顔なじみになっていた。

こんにちは、の意味をこめて七未はぺこりと頭を下げた。そして先ほど拾った空きビンを差しだした。それを見たぬの太郎の動きが、一瞬止まった。

「……なんだこれ」と低い声でつぶやいた。

缶が見つからなかったから……、七未は言った。

すると、ぬの太郎の表情がみるみるうちに変わっていった。黒かった顔が紫色になり、正面から七未の顔をぐっと睨んだ。ぬの太郎の突然の変貌に驚いた七未は、その場に凍りついた。

「ビンなんかいらねえ！」

ぬの太郎が叫んだ。唾《つば》を飛ばしながらこちらに向かってきた。

「ビンなんかいらねえ！　ビンなんかいらねえ！」

思わず後ずさりした拍子に、七未は持っていたビンを落とした。ビンは割れずに丘の斜面をコロコロコロと転がった。ぬの太郎は走ってそれを拾い上げると、七未に向かって投げつけた。ひゅん、という音と共にビンは七未の頭の横を通り過ぎ、木の幹に当たって落ちた。

「ビンなんかいらねえ！　ビンなんかいらねえ！」

七未は逃げた。ぬの太郎は追いかけてきた。ポリ袋の中の空き缶を七未に向かって投げつけながら、ぬの太郎は叫び続けた。

「缶もいらねえ！　缶もいらねえ！」

丘から平地に下りても、まだぬの太郎は追いかけてきた。ちょうど下校時間帯なのか、ランドセルを背負った子たちが七未の目の前を通り過ぎようとしていた。ぬの太郎が七未に向かって投げた缶は、たまたま七未の近くにいた子の頭に当たった。

「痛ッ」

と言ってその子は倒れた。

ぬの太郎は袋の中の空き缶を手当たり次第に投げつけていった。

「缶もいらねえ！　缶もいらねえ！　何もいらねえ！　何もいらねえ！」

その威力はすさまじく、ぬの太郎の投げた缶が頭や背中に命中した子は、ばたばたとその場に倒れていった。七未は目の前に横たわる体を飛び越えながら、一心不乱にぬの太郎の攻撃から逃げた。逃げても逃げても、缶を手にしたぬの太郎が追いかけてきた。自分が今どこを走っているのか、いつになったら終わるのか七未にはさっぱりわからなかった。夏の午後、顔を真っ赤にした七未は、息も絶え絶えになりながら、とある公園の中に逃げこんだ。生垣の陰に身を隠し、じっとしていると遠くのほうからサイレンの音が近づいてきた。ぴーぽーぴーぽー、ウー、ウー。二種類のサイレン音が最も接近した時に、七未は助けを求めるため立ち上がった。直後にガサッと音がして、怖い顔をしたぬの太郎が生垣の向こう側からにゅっと顔をのぞかせた。その手に握られた缶を見た瞬間、七未は再び走りだした。

七未は逃げた。どこまでも逃げた。国道、畦道、神社、公園、畑、田んぼ、ショッピングセンター、映画館。走ったり歩いたり隠れたりしながら、七未はずっと逃げ続けた。がんばれ、がんばれ、ナナちゃんがんばれ。

最終的に七未は広々とした駐車場に辿り着いた。そこに停めてあった一台の車の横にばたんと倒れた。

もう一歩も走れなかった。立ち上がることさえできない。七未はタイヤと頭を並べるようにして仰向けになり、静かに目を閉じた。ナナちゃん。程なくして名前を呼ばれたので目を開けた。

「ナナちゃん」

そう言えば、さっきからずっと呼ばれていたような気がする。七未は上半身を起こして空を見上げた。名前を呼ばれる時は、いつだって上からなのだ。

「がんばれ、がんばれ」

「ナナちゃんがんばれ」

「ナナちゃん、はやく」

「はやく、はやく」

駐車場の隣りにそびえ立つ巨大な建物の窓から、たくさんの顔がのぞいていた。全員、七未に向かって手を振っている。よく見ると、どの子もパジャマ姿で顔やおでこに絆創膏《ばんそうこう》を貼っていた。

七未は、この時、自分がいるのは病院の駐車場であることに気がついた。隣りの大きな建物が病院で、みんながいるのは病室だ。先ほど、ぬの太郎の投げた缶に当たって倒れた子たちは救急車でここに運ばれてきたらしい。一通りの検査を終えて、今は病室の窓からこちらに向かって手を振っている。

七未は上に向かってシーッと言った。シーッ。静かにして。ぬの太郎に気づかれる。するど、そんなことはおかまいなしに、七未への声援はますます大きくなった。

「がんばれ、がんばれ」

「ナナちゃんがんばれ」

「ナナちゃん、はやく」

「はやく、はやく」

シーッ。お願いだから。七未はもう一度上に向かって注意した。その時、みんなの手に何か白くて四角いものが握られているのを、七未は見逃さなかった。それが何なのか、七未は一目見ただけですぐにわかった。ヨーグルッペだ。七未の子供時代に病院の売店に必ず置いてあった、パック入りの乳酸菌飲料。七未が世界で一番好きな飲み物。

「がんばれ、がんばれ」

「ナナちゃんがんばれ」

七未は思わず立ち上った。看護婦さんに傷の手当てをしてもらい、清潔なパジャマに着替えさせてもらったみんなは、クーラーの効いた涼しい部屋で、甘酸っぱいヨーグルッペを飲みながら、七未に声援を送っているというのか。七未は歩きだした。病院への入り口を探そうと顔の向きを変えたタイミングで、こちらへやってくるぬの太郎と目が合った。

ぬの太郎は七未に気づくとすごい勢いで突進してきた。右手に持った空き缶を、七未の顔めがけて投げつけた。

「がんばれ、がんばれ」

「ナナちゃんがんばれ」

「がんばれ、がんばれ」

「ナナちゃん、はやく」

ぬの太郎がぶん投げたはずの空き缶は、七未の足下のすぐ横を、カラコロカラと転がった。

ぬの太郎は、警備員に羽交い絞めにされていた。

それでも、ぬの太郎は、七未に投げつけようとした。

空き缶ではなかった。空気だ。ぬの太郎は空気をつかんで何度も七未に投げつけた。

それを七未は全部避けた。体をねじって、しゃがんで、ジャンプして。

そして、再び走りだそうとした。

「がんばれ、がんばれ」

「ナナちゃんがんばれ」

「がんばれ、がんばれ」

「ナナちゃんがんばれ」

ああ……。

七未はついに足を止め、両手で顔を覆って泣き崩れた。

「ナナちゃん、はやく」

「ナナちゃん、はやく」

「ナナちゃん、はやく」

ああ……。

そういうことか……。

この時、七未は、ようやく理解した。

みんなの言う、がんばれ、の意味を。はやく、はやく、の本当の意味を。七未はずっと、「早く逃げて」と言われているのだと思っていた。でもそうじゃなかった。みんなは七未に、「早く当たって」と言っていたのだ。「ナナちゃん、早く当たって、こっちにおいで」と。初めから、ずっと。

そうだったんだね。

七未が顔を上げると、その問いにこたえるかのように、みんなの声が過去最大級の音量になった。

夏空に盛大に響き渡る、それは、七未への応援歌だった。

がんばれ、がんばれ

ナナちゃんがんばれ
がんばれ、がんばれ
ナナちゃん、はやく
はやく、はやく
はやくあたって
こっちにおいで
あたればおわるよ
あたればおわるよ
あたればおわる

この日を境に、七未は変わった。

七未は、逃げない人間になった。逃げない。絶対逃げない。どんぐりから、水風船から、ボールから、空き缶から、自分に向かって投げつけられるありとあらゆるものから。逃げるしんどさに比べれば当たる際にちょこっとだけ味わう衝撃や痛みなんて何でもない。痛みの先には何がある。動物ビスケットが、牛乳が、自習が、ヨーグルツペが、清潔なパジャマが、温かい手のひらが、安全な場所がある。七未は一度もそこへいけたことがない。なぜか。当たらないからだ。当たればいける。絶対いける。みんながいけて七未にいけないわけがない。いける。いく。今日いく。今からいく。体の奥底から突然むくむくと湧き上がってきた「当たりたい」という衝動を、七未は抑えることができなくなった。そしてそれは、七未にとって新たな闘いの始まりでもあった。

翌日から七未はやみくもに出歩くようになる。自宅や教室でじっとしていたって当たらないからだ。朝から日が暮れるまで町内をぐるぐると歩き回った。初日は何も当たらなかった。二日目も何も当たらなかった。三日目も、一週間がたっても何も当たらなかった。七未は人が多く集まる場所へいってみることにした。バスに乗り向かった先は、町で一番大きな公園だった。

公園に足を踏み入れた瞬間、ここなら絶対に当たると確信した。広々とした空間には、ボールあり空き缶ありゴミありどんぐりあり、と、見渡す限り当たりそうなものであふれていた。これだけあると何に当たるか目移りしてしまいそうだが、実際のところ、七未は何でも良かったのだ、当たりさえすれば。

ちょうどフリスビーが目に留まったので、あれにしよう、と決めた。黄色いフリスビーだった。空中で弧を描きながら、こちらに向かって飛んできた。七未はその場に立って待っていた。遠くのほうに小さく見えていたのが近づくにつれぐんぐん大きくなってくる。当たる！　と思ったその瞬間、巨大な毛のかたまりが、突然七未の視界を塞いだ。同時にどこかで「ナーイス！」という声がした。再び視界が開けた時には、黄色いフリスビーは七未の目の前から消えていた。

理解するのに数秒かかったが、どうやら犬が、毛のふさふさとした大きな犬が、七未の顔に当たるはずだったフリスビーをぎりぎりの所で横取りして走り去ったらしい。犬はフリスビーを口にくわえたまま、飼い主らしき男の元へ戻っていった。

「よーしよーし」

男は犬からフリスビーを受け取ると、わしゃわしゃと頭をなで、もう一回、というように一本指を立てた。

「いけっ、ジョン！」

今度こそ。七未は犬に負けじとフリスビーを追いかけた。当たってみせる、絶対に。だが、またしても間に合わなかった。そのあとも何度か挑戦をこころみたが、大型犬のジャンプ力にはどうやったって敵わなかった。フリスビーの次に七未が当たろうと思ったのはサッカーボールだった。公園のすみでボールを蹴り合っている集団を見て、あれにしよう、と決めた。七未が走って飛びこんでいくと、ピピーッと笛が鳴った。「試合中だからね、ごめんね、邪魔しないでね」。七未は腕をつかまれ、追いだされた。サッカーボールの次に選んだのは、どんぐりだった。クヌギの木の下でどんぐり拾いをしている親子連れがいたので、そちらへ近づいていった。よちよち歩きの女の子と、そのお母さんのそばに腰を下ろし、七未も一緒にどんぐりを拾った。拾ったどんぐりは女の子にあげた。

「まあ、ありがとう。全部くれるの。優しいのねえ。ほら、ユイちゃん、おねえちゃんにありがとうって」

「あいあと」

そうやってどんぐりを拾いながら待っていたが、女の子も、お母さんも、一向に七未に向かってどんぐりを投げようとしなかった。七未は思った。ここに園長がいれば、と。

我慢できなくなった七未は、自ら手本を見せた。足下に落ちていたどんぐりを拾い、こうするんだよ、と女の子に向かって投げつけた。どんぐりは女の子の頬に当たり、女の子はうえ～と泣きだした。

「なんてことするの！」

お母さんの声で人が集まってきた。七未は慌てて公園をあとにした。

公園への遠征は失敗に終わったが、その後も七未は、当たるために、当たりそうな場所へ、積極的に出かけていった。

ある時は公園でボール遊びをしている子たちの中へ飛びこんでいき、またある時は野球場を訪れてファウルボールに当たるのを待ち続け、またまたある時は上から落ちてきた植木鉢が頭に当たることを期待して近所のマンションの下をいったりきたりした。風の強い晩にどこからか飛んできた看板が頭に当たらないかと、いつまでも外に立って待っていたこともある。向かってくる車に当たらないかと、車道の真ん中に飛び出していったこともある。でもだめだった。何をやっても当たらなかった。ボールや看板は飛んでこず、植木鉢は落ちてこず、車はすんでのところで七未を避けて、電柱や壁に激突して煙を吹いた。

七未の欲求は、一度も満たされることのないまま、月日は流れた。七未は休んでばかりだった小学校を卒業し、自分でもよく知らないうちに中学生になっていた。

中学生になっても、七未の日常は変わらなかった。どうすれば当たるのか、とそればかり考えて過ごす毎日だった。七未が初めて中学に登校したのは、入学式の日から二カ月もたってからのことだ。ある朝、真新しい制服に身を包んだ七未が、今から学校にいく、と言いだしたものだから家の人たちは驚いた。七未は朝食も食べずに出ていった。じつは、この日の前夜、七未は布団の中で唐突に思いだしたのだ。中学では、ドッジボールが禁止されていない、ということを。「事件」以来、小学校で禁止されたドッジボールを、中学生になった今なら、思う存分やれるはず。さすがにドッジボールになら当たるだろうと七未は思った。逃げさえしなければ。逃げるわけがない。だって、当たりたくてたまらないのだから。七未はじっとしていられなくなり、夜のうちから制服に着替えて準備していた。

入学以来、初めて中学校の門をくぐった七未は、担任教師だという女に案内されて自分の教室の席に着いた。頭の中でのシミュレーションはばっちりだった。あとは休み時間を待つだけだ。

そうして待ちに待った休み時間。どういうわけか誰もドッジをしなかった。七未は休み時間が終わるまで校庭に一人ぽつんと佇んでいた。

翌日も七未は学校へいった。休み時間を知らせるチャイムが鳴ったのと同時に校庭へ走ったが、やはり、そこには誰もいなかった。

教室へ戻った七未は、あらためて周囲を見回した。七未の席の周りには、七未と同じ、紺色の制服に身を包んだクラスメイトたちがいた。彼らは少人数のグループで寄り集まって、ぺちゃくちゃとおしゃべりしながらお弁当を食べていた。食べ終えると、今度は昨日見たテレビの話をしたり、好きな人の話をしたり、中にはノートを広げて勉強を始める者もいた。

ドッジボールは一人ではできない。七未はクラスメイトたちに、ドッジしようよと声をかけて回った。声をかけられた人たちは皆一様に眉をひそめ、七未にくるりと背を向けた。ドッジがだめならバレーボールやバスケットボールでもいい。何でもいいのだ当たりさえすれば。体育の時間に、七未は誰よりも大きな声で「パス！　パス！」と叫んだ。いくら叫んでも、誰も七未にボールを投げて寄越さなかった。ボールを投げないだけじゃない、目も合わさなければ口もきかない。どうやら七未はいじめの対象になっているらしかった。それも存在を消されるタイプのいじめだ。いじめにも色々あって、七未の同級生の中には、ゴミや雑巾を投げつけられている人もいた。七未はそういう人を横目に見ながら、自分もそっちだったら良かったのに、と思った。存在を消された七未には、誰も何も投げつけてくれなかったから。

このままではいつまでたっても当たらない。

もしかしたら、一生当たらないかもしれない。

七未の焦りは日に日に募っていった。

最初に、七未が消しゴムを手に取ったのは、その時たまたま消しゴムが目に留まったからだ。七未はその小さなかたまりを指先でつまみ上げると、自分の顔にポイと放った。

こつん、消しゴムは七未の右頰に当たった。

次に、七未はシャープペンシルを手に取り、自分の顔に向かってポイと放った。消しゴム同様、シャープペンシルも七未の右頰にこつん、と当たって机の上に転がった。

次に七未が手に取ったのは、ものさしだった。ものさしは、七未のおでこにパチッと当たって跳ね返った。跳ね返ったものさしは机の上をつつーと滑り、床の上に落下した。ボールペン、ペンケース、教科書、ノート、辞書、目に留まったものから順番に投げつけていった。ペンケースは鼻先にぺしッと当たり、教科書は側頭部にバサッと当たった。ノートは胸にパンッと当たり、英語の辞書は、角のところがこめかみにドスッと当たった。何も当てるものが無くなると、七未は自分のこぶしを自分に当てた。右のこぶしが右の頬に当たった瞬間、ごつ、と、今までで一番重たい音がした。

ふと視線を感じて横を見ると、隣りの席の男子が青ざめた顔で七未を見ていた。正面に目をやると、教師が同じように怯えた顔をしてこちらを見ていた。そうだ、今は授業中だった。七未は床に散乱している教材を拾い集めようとし、その前に、もう一度、自分のこぶしを自分に当てた。やはり、ごつ、と音がした。もう一度。ごつ。もう一度。ごつ。七未がこぶしを当てると教室中がどよめいた。どよめきに混じって、なぜかアルトリコーダーの音色が聴こえてきた。……ミ、ファ、ソ、ごつ、ごつ、ミ、ファ、ソ、ごつ、ごつ、ごつ……、どこかのクラスは音楽の授業中なのだろう、まるで七未がリズムを取って、それに合わせてみんなが演奏しているみたいだった。……ミ、ファ、ソ、ソー、ごつ、ラ、ソ、ミー、ごつ、ごつ、ソ、♯ファ、ソ、レ、レ、ド、シー、が、ん、ば、れ、が、ん、ば、れ、ナ、ナ、ち、や、ん、が、ん、ば、れ、レ、ド、シ、ラ、ソーファ、ミー、あ、た、れー、ば、お、わ、るー、あ、た、らー、なー、け、れ、ばー、お、わー、らー、なー、いー、ごつ、ごつ。

おかしいな、と七未は思った。いくら当てても全然終わらないのだ。

七未の入院が決まったのは、それから間もなくのことだった。

病院へ向かう日の朝、七未は暴れて抵抗した。七未の周りには暴れる人間を力ずくでおとなしくさせようという大人は一人もいなかった。七未は優しい言葉で根気強くなだめられ、大声をだしたからのどが渇いたでしょう、これでも飲みなさい、とコーラを勧められた。コーラを飲んですぐに眠気に襲われ、目が覚めたら病院だった。

七未は四人部屋に収容された。七未以外の三人は全員二十代前半で、年下の七未にやたら偉そうな口をきいた。こちらが訊ねてもいないのに、順番に長々と自己紹介を始め、七未にもそれを強要した。「で？ あんたは？ 何の病気？」

七未は返事をしなかった。七未は病気じゃなかった。

あまりにもしつこく訊いてくるので、病気じゃない、とだけ言うと、一体何がおかしいのか三人は顔を見合わせてケラケラ笑うのだった。そんな人たちとの入院生活が愉快なものであるはずがなかった。

入院中の行動はすべてスケジュールで管理されていたのだが、七未は気分が悪いと嘘を言い、カウンセリングの時間以外は、ほぼ一日中ベッドの中で過ごした。食事の時も仕切りのカーテンを閉じたままの七未に、三人は次第に話しかけてこなくなったが、その代わりに、嫌がらせが始まった。七未の私物をゴミ箱に捨てたり、わざと聞こえるように悪口を言ったり、スリッパに下品な落書きをしたり。相手にするのも馬鹿馬鹿しいくらい、幼稚でくだらない嫌がらせだったが、ある日トイレにいって戻ってきたらベッドがびしょ濡れになっていたのには腹が立った。七未は三人が見ている前で、彼女たちのコップに、順番に唾を吐いて回った。

「何すんだ！」

三人の中で一番太った女がベッドから降り、七未に向かって突進してきた。七未の目の前で大きく右手を上げると、まっすぐに振り下ろした。ブン、と手のひらが空を切る音がして、七未は思わず目をつむった。だが、何も起こらなかった。

七未がそうっと目を開けると、三人は七未を指差し、「びびってやんのー」と笑った。

七未は太った女の胸ぐらに摑みかかった。どすんと尻餅をついた女の上に馬乗りになり、どうして、と叫んだ。あとちょっとで当たりそうだったのに、どうして。七未はこぶしを握って振り下ろした。女は短い悲鳴を上げた。ごつ、という音がした。もう一度。ごつ。

どうして、どうして、七未はそう繰り返しながら、自分の頬にこぶしを当てた。何度も、何度も。

その夜遅くに、七未はカウンセリングルームに呼びだされた。

七未を呼びだしたのは、背が低くて頭の大きな男性医師だ。彼は七未の主治医だった。週に一回、月曜日の午後二時から三時まで、七未と主治医はカウンセリングルームで顔を合わせた。何も語ろうとしない七未に代わって、主治医が色んな話をした。好きな映画や本の話、外国旅行の思い出話や、学生時代の失敗談。七未は主治医の話を聞くのが好きだった。最低な入院生活の中で、唯一まともな時間があるとすれば、それはカウンセリングルームで主治医と過ごすひとときだった。

七未が呼びだされたその夜は、月曜日じゃなかった。

主治医はいつになく深刻そうな表情を浮かべ、正面に座った七未の顔をじっと見つめていた。

普段とようすの違う主治医に、七未は勇気をだして、どうしたんですか？　と訊ねた。すると主治医はこちらに向かって手を伸ばしてきた。

七未の腫れあがった頰に、主治医の指先が優しく触れた。

「痛くないかい」

七未は首を振った。

「痛いだろう」

七未はまた首を振った。その時、目の前にいる主治医がとても悲しそうな顔をしていることに、七未は気がついた。

こんなに悲しそうな顔をした人間は、これまで見たことがない。

悲しそうな顔の主治医が、七未に言った。

「僕に、教えてくれないか」

……何を。

「きみが、自分で自分を殴る理由を」

殴ってません。七未は慌てて言った。殴っているのではなくて、こぶしを当てているんです。

主治医は悲しげに、「うん」とうなずいた。「こぶしを当てる。なぜ」

なぜ？　そんなの、他に誰も当ててくれる人がいないからだ。こぶしじゃなくたっていい、ボールでも空き缶でも何でもいい、当たりさえすれば。当たりたい。当たりたいのに当たらない。だから自分で当てている。一番手近にあるのが、たまたま自分のこぶしだっただけなのだ。

七未は、うまく説明できなかった。ただ、当たりたい、という気持ちだけを主治医に伝えた。もうずっと、当たりたくてたまらない。

「当たりたいのは、なぜ」

またなぜ？

「なぜ、きみは、そんなにも当たりたい？」

だって。当たらないと、終わらないから。

「終わる？　何が？」

何がって。全部が。

主治医は、小首を傾げて、ふうと短いため息を吐いた。主治医の質問が終わったようなので今度は七未の番だった。七未は主治医に、いつになったらここから出してもらえるのか訊ねた。

「……自分で自分を殴らなくなったら出られるよ」

だから殴ってるんじゃないってば、という言葉を七未は飲みこんだ。コクリと頷き、わかりました、と言った。わかりました、もう殴りません。

「ほんとうかい」

主治医は少し拍子抜けしたような顔をした。約束します、と七未は言った。その代わりに、先生。

七未は主治医の右手を指差した。先生のこぶしを、わたしの頰に当ててください。

主治医が驚いたように目を見開いた。

お願いします。七未はぺこりと頭を下げた。七未はこれまで何度も頰にこぶしを当ててきた。何度当てても終わらなかった。たぶん自分でやってもだめなのだ。だから先生。

先生のこぶしを当ててください。そうしたら、きっと終われる気がします。

七未は左の頰を主治医に向けた。

主治医がごくりと唾を飲んだ。

「……本当に、いいのかい」

はい。

主治医はこぶしを握った。束の間、無言でそれを見つめていたが、突然、意を決したように顔を上げ、七未の頬めがけてひゅっと振った。

七未は目をつむっていなかった。主治医のこぶしが自分の顔面に迫りくるようすをちゃんと見届けようとした。いかにも硬そうなそのこぶしは、七未の頬に当たる寸前でピタリと止まった。

七未の頬に風が吹いた。

七未は心底がっかりした。

先生、もう一度お願いします。今度はちゃんと当ててください。再び頭を下げると、主治医は先ほどと同じようにこぶしを握った。そしてそれを七未の顔めがけてひゅっと振り、当たる直前にピタリと止めた。またしても寸止め。

先生！　七未は主治医にすがりついた。どうして！　もう一回お願いします！　今度こそ、ちゃんと当ててください！

その時、七未は目の前の主治医がとても苦しそうな表情を浮かべていることに気がついた。こんなに苦しそうな顔をした人間は、これまで一度も見たことがない。苦しそうな主治医は七未の肩にそっと両手を置いた。その手をゆっくりと上に移動させ、七未の両頰を自分の手のひらで優しく包みこむようにした。

そして、苦しそうにこう言った。

「……できるわけがない。こんなに可愛らしい顔を傷つけるなんて……、僕にできるわけがないんだっ」

この瞬間、七未と主治医の交際がスタートした。

主治医に奥さんがいることを知ったのは、交際から二週間がたとうという頃だった。その事実を知ったからといって七未の気持ちは変わらなかった。これが初恋だった七未にとって、主治医は世界のすべてだった。

奥さんと別れて七未と結婚する、と主治医は何度も言っていた。結婚記念日は七未のはたちの誕生日にしよう、とも言っていた。その日までまだ五年もあったが、奥さんを説得するにはこのくらいの年月が必要なのだ、という主治医の言葉を七未は信じた。主治医と七未は、人目を盗んで病院内での逢瀬《おうせ》を重ねた。主治医とつき合いだしてから、七未は身だしなみを整えるようになった。朝起きたら顔を洗い、歯を磨き、髪をとかして、ひび割れた唇にリップクリームを塗った。主治医にもっと太ったほうがいいと言われたので、食事を残さず食べるようになり、絶対ダメと言われたので、自分の頬にこぶしを当てることはしなくなった。と同時に、それまで頻繁に湧き起こっていた「当たりたい」という衝動が鎮まりつつあることを、七未本人も自覚し始めていた。

七未の変化に気づいた人たちは、何かあったのかとしつこく訊ねてきたが、七未は決して口を割らなかった。誰にも言ってはいけないよ、と主治医に固く口止めされていたからだ。二人はその後も内緒で会い続け、七未はどんどん快方へと向かっていき、交際から半年がたつ頃にはついに退院が決まった。そして同じ頃、七未は主治医の子供を身ごもった。

最初、七未は妊娠に気づかなかった。わかった時には、お腹の中の命は産むしか選択の余地がない、というところまで成長していた。

このことを七未が告げた時、主治医は激しく動揺した。血走った目で七未の顔とお腹を交互に見、絶対に、絶対に、絶対に、口外してはいけないよ、と繰り返した。あとからわかったことだが、主治医の奥さんは院長の一人娘だった。主治医には次期院長の座が約束されていたらしい。最初から、七未と結婚する気などなかったのだ。

七未は主治医に言われた通り、妊娠の事実を誰にも話さなかった。家出同然で生まれ育った家をあとにし、その後は二度と戻らなかった。

七未は、主治医の親戚が所有しているというアパートの一室に移り住んだ。

日に日に大きくなっていくお腹を眺めながら、たまにやってくる主治医のために、献立を考えたり部屋を整えたりといった単調な日々を送った。退屈で仕方なかったが、この暮らしの先には結婚が待っていると信じて疑わなかった。

主治医は週に三回のペースでアパートを訪れた。食料品や飲料水を部屋に運びこむと、畳の上にごろんと横になり少し眠った。目が覚めると七未の用意した食事を食べ、またごろんと横になり、今度はしっかり眠った。そして帰る間際にお腹の中の子に一言、二言、話しかけた。

「男の子なら七男《ななお》で、女の子なら七子《ななこ》だな」

母親の名前から一文字取ろうと提案したのは主治医だった。男の子なら克男《かつお》で、女の子なら克子《かっこ》にしない？　七未が冗談めかしてそう言うと、主治医は不愉快そうに「やめてくれるか」と言った。自分の名前から一文字取ることだけは絶対に許さない主治医なのだった。

八月の雨の降る早朝に、七未は子供を産んだ。場所はアパートの畳の上、取り上げたのは主治医だ。三十二時間の難産の末、出てきたのは男だったので、赤ん坊は七男と名付けられた。

七男はよく泣く赤ん坊だった。主治医は赤ん坊の泣く声がうるさいと言い、アパートに寄りつかなくなった。週三回のペースで顔を見せにきていたのが、二回になり、一回になり、まるきり姿を見せない週もあった。主治医がこない週は、代わりに大きな宅配便が届いた。箱の中には食料品や飲料水、粉ミルクに紙オムツにトイレットペーパーに歯磨き粉など、生活に必要なありとあらゆるものがたっぷり詰まっていた。

ある日、オムツの袋に四角いメモ用紙が一枚貼りつけてあり、そこには「当分行けない」と書かれていた。この言葉通り、それから主治医はぱたりと姿を見せなくなった。

この頃から、七未は、少しずつ以前の七未に戻っていった。主治医がそばにいないのでは、部屋の掃除はもちろん、着替えや洗顔など、身だしなみを整える必要もない。朝から晩まで休みなく赤ん坊の泣き声を聞いていると、何もかもに嫌気が差した。ミルクも、オムツも、自分の飲食さえも、どうでもいい。そんな投げやりな気分の時、七未は、しばしば主治医との約束を破って自分のこぶしを頬に当てた。ごつ、という手応えと、鈍い痛みを感じているあいだだけは、赤ん坊のうるさい泣き声も主治医のいない寂しさも忘れることができた。

主治医からは、その後も宅配便だけは頻繁に送られてきた。食べ切れないほどのパンにお米にインスタントラーメンにお菓子。七未が昔好きだった動物ビスケットも入っていた。七未は食事を作る代わりにビスケットを食べ、歯の生えていない息子にもそれを与えた。食料品や日用品だけでなく、絵本におもちゃに粘土など、とにかく品数だけは豊富にあった。だが、その宅配便も、ある日を境に届かなくなった。

七月の暑い日に、七未はもうじき一歳になる七男を抱えて、主治医の勤める病院を訪れた。受付で主治医の名前を出し、会いたいと申し出たのだが、「その名前の医者はここにはいません」という返答に七未の頭は真っ白になった。そんなはずはない、と食い下がっているところへ、たまたま通りがかった清掃員のおばさんが、七未にこそっと耳打ちをした。

なんと主治医は児童買春の容疑で逮捕されていた。二カ月前のことだという。ちょうど宅配便が届かなくなった頃だ。その後、示談が成立して釈放された主治医を訪ねて自宅にまで足を運んだのだが、すでに売りに出されたあとだった。

それでも、主治医の用意したアパートに、七未と七男は、結局七年にわたって住み続けた。電気、ガス、水道、すべて止められた部屋で、七男は部屋が真っ暗なのが怖いと言っては泣き、お腹が空いたと言っては泣き、水が飲みたいと言っては泣いた。

あれはいつのことだったか、七未がいつものように、ごつ、ごつ、と自分のこぶしを頬に当てていたら、突然七男が飛びかかってきたことがあった。てっきり昼寝をしていると思っていた七男は、わんわん泣いて七未の右腕にしがみついた。やめて、やめて、と泣き叫ぶ七男を、七未は空いているほうの手で突き飛ばした。壁に頭をぶつけた七男は、いたい、と言って更に泣いた。泣いている七男を七未はそのままにしておいた。ごつ、という音が怖かったのか、七男は泣きながら耳を塞いだ。

走行中の車に向かって七未が突っこんでいこうとした時も、七男は母親の尻にしがみつき、やめて、やめて、と言って泣いていた。遮断機の下りた踏切に七未が入っていこうとした時も、七男は小さな両手を広げて、だめ、だめ、と言って泣いていた。暴風吹き荒れる嵐の日に、外をウロウロしている七未の手を引っぱって、もう、かえろうよ、と言って泣いていた。七男はいつも泣いていた。ある晩、七男は泣きながら七未にこんなことを訊ねた。ねえおかあさん、どうして、おかあさんは、そういうことをするの。自分の顔をぶったり、車にひかれようとしたり、そういう、あぶないこと。

七未は息子に語り始めた。どんぐり事件から始まって、水風船事件、ドッジボール事件、ぬの太郎のこと、声援を送ってくれたみんなのこと、そして七男の父親である主治医のこと。

七未の話は夜が明けて朝日が昇るまで続いた。途中から何の話かわからなくなった。七男の知らない言葉もいっぱい出てきた。それでも、七男は眠い目をこすりながら最後まで七未の話を聞いた。そういう理由なの、わかった？　七未が訊くと、七男は、わかった、と頷いた。

人に話したからといって、七未の「当たりたい欲」は簡単に収まるものではないらしい。七男もまた、理由を聞いたからといって、母親の行いに対して見て見ぬふりをすることなどできないのだった。相変わらず、七未は連日のように出歩いた。その後ろを、女物のぶかぶかの靴を履いた七男が追いかけた。草野球場の近くでボールが飛んでくるのを待ち続ける七未、風の吹く日に一日中外に立って何かが飛んでくるのを待ち続ける七未、何も当たらないと、そのうっぷんを晴らすかのように、夜な夜な自分で自分の頬にこぶしを当てる七未。そんな七未の腕にしがみつき、やめて、やめて、と泣く七男。それらは親子にとって当たり前の光景だった。

そんな二人の日常に、ついに終止符が打たれる時がきた。

それは七男が七歳になった夏のことだった。その人たちは突然アパートにやってきた。

玄関先で、その人たちは七未にいくつか質問をした。七未は馬鹿みたいに、ウン、ウン、ウーン、と頭を振ったり首をひねったりしてこたえた。そのうちの一人が、部屋の奥にいた七男にニッコリと笑いかけ、こっちにおいでと手招きをした。七男が母親の靴を履こうとすると、「自分の靴は?」と訊いた。七男は首を振った。その人は開いた扉から出ていくと、すぐにまた戻ってきた。どこで調達したのか、子供用の白い運動靴を手に持っていた。あの時の七男の顔を、七未は決して忘れない。運動靴を手渡され、それに足を入れた瞬間の、パッと花が咲いたような顔。なんとサイズはぴったり。世界にたった一足の、貴方のためだけに用意された靴。七未は玄関先に突っ立って、ボロボロ涙をこぼした。なんかシンデレラみたいじゃん七男。よかったね。七男。本当によかったね。

真新しい靴を履いた七男は、すぐに不安気な顔つきに戻った。大人に背中を押されながら、何度も後ろを振り返っていた。パタン、と閉まったドアの向こうで、「おかあさん！」と七未を呼ぶ声がした。

七男が連れていかれたその数日後には、七未も荷物をまとめて別の場所に移り住んだ。あざみ寮という名のその場所は、社会生活が困難な女性を支援するための民間施設だった。ここで七未は他の入所者たちと一緒に規則正しい生活を送り、社会復帰のための職業訓練を受けさせられた。

社会復帰といっても小学校時代からろくに学校に通っていなかった七未は、社会のルールどころか簡単な漢字さえ知らなかった。施設のスタッフたちは、そんな七未に手を焼きつつも、根気強く指導した。特に米田《よねだ》さんというスタッフにはお世話になった。米田さんは、七未にマナーや一般常識を教えただけでなく、小学校で習う計算式や年号の覚え方、ケチャップ汚れの落とし方や、ベランダで上手に葉ネギを育てるためのコツまで伝授した。ある晩、米田さんに誘われて、七未は他の入所者たちと一緒に屋上へ上がった。屋上のドアに掛けられた南京錠の鍵穴にそっと鍵を差しこみながら、米田さんはチラッと後ろを振り返り、「今日だけ特別よ」と笑った。あの晩、米田さんが入所者たちに見せてくれたのは、打ち上げ花火だった。その場にいた全員が、花火を見て泣いていた。誰かと一緒に見た日のことを思いだして泣いている者もいれば、生まれて初めて見る花火に感動して泣いている者もいた。七未は七男のことを思って泣いた。今まさに同じ花火を見ているかもしれない七男に、会いたくて会いたくてたまらなかった。

じつは、七男のいる施設と七未のいる施設は、同じ母体が運営していたのだ。距離もさほど離れていなかったから、決められた手順を踏んで許可さえ得たら、外出や面会は自由に行うことができた。

そんないつでも会える状況にありながら、七未は一度も七男との面会を希望しなかった。

「お子さんに会いたくないの？」

米田さんに訊かれても、七未は黙って首を振った。

七未は怖かった。七男に拒絶されることが。運動靴を買ってあげることも、学校に通わせてあげることもできなかった七男に、おまえなんか親じゃない、と面と向かって言われることが。

「知ってる？」と、まるで宝の在り処《あか》を教えるような顔をして、米田さんは言った。

「子供ってね、お母さんが、一番なんだよ」

七未はお母さんじゃない。七未はとうの昔にお母さんを失格になった人間だ。七未が七男のお母さんになるには、七男をお母さんとして迎え入れるには、それには準備が必要だった。

一通りの職業訓練を終えた七未は、就職活動に精をだした。営業、販売、事務、受付。採用試験はどれも不合格だった。人との会話があまり得意でない七未に、米田さんはお弁当工場の仕事を勧めた。

七男が養子に出されるかもしれない、という話を聞かされたのは、お弁当工場から合格の報せが届いた日の翌日のことだった。

寝耳に水だった。養子？　七未は一度だって七男を養子に出したいと思ったことはない。七未は、いつか七男を迎えにいこうと思っていた。就職活動だって、七男のため、二人の生活基盤を固めるために、がんばってきたことだ。

「へえ！　そうだったの！」

米田さんは驚いた顔をした。

「それならそうと言ってくれなきゃ。自分なんか母親じゃないってずっと言ってたじゃない？　一度も会いに行こうとしないしさ。こっちは育てる気がないんだと思うよ。やーね、怒んないでよ、大丈夫だから。実母の承諾なしにそんなことできるわけないんだから。そういう話がチラッと持ち上がったってだけなのよ。じゃあこの話は無しでってあちらさんに言っとくね。そりゃそうよねえ。七男君だって見ず知らずの大金持ちと暮らすより、本当の母親と一緒に暮らしたほうが幸せだもんねえ」

七男の幸せ？

七未は七男を養子に出すことにした。

七男がこの世に誕生して以来、七未が彼の幸せを願ったのは、皮肉にもこの時が初めてだった。

お弁当工場に就職が決まった七未は、あざみ寮を出て一人暮らしを始めた。施設長に保証人になってもらい借りたアパートは、七未が七男と暮らしていた部屋によく似ていた。天井のシミに、破れた網戸に、ふすまに描かれた二羽の鶴。ちいさいほうが、ぼくで、おおきいのが、おかあさん。七男の口にしたことのないセリフまでどこから聴こえてくるようだった。

仕事はうまくいかなかった。せっかく就職したお弁当工場は二カ月で辞めた。七未が辞めたことは、就職の世話をしてくれたあざみ寮にも連絡がいったらしく、米田さんからすぐに電話がかかってきた。次を探します、と言ったのに、翌日にも米田さんは七未の近況を探るような電話をかけてきた。適当に返事をして切ると、すぐにまた電話が鳴った。七未はもう出なかった。翌日、スーパーへいって帰ってきたらポストに米田さんからのメモが入っていた。「また来ます。㊎」とあった。七未は少量の荷物を持ってアパートを出、その日は公園で野宿をした。

家賃を支払っていないのだから、アパートを追いだされるのは時間の問題だった。また米田さんが不意打ちでやってくるかもしれないことを考えると、容易に戻る気にもなれなかった。昼間は町中をウロウロし、夜は駅や公園のベンチで眠った。何度となく酔っ払いに寝こみを襲われかけ、その度に安全な場所を求めてさまよった。冷たい風の吹く夜、あざみ寮の二段ベッドが恋しくてたまらなかった。七未が下段で、上段は四十二歳の篠塚さんだった。篠塚さんのいびきがうるさい、と匿名で投書したのは七未だ。あのいびきさえも今は愛おしく思えてならなかった。一度だけ、あざみ寮の門の前まできてインターフォンのボタンを押した。その時、中庭のほうから米田さんや入所者たちの談笑する声が聴こえてきて、七未は咄嗟に引き返したのだ。戻れない。もうあそこには戻れない。あそこは、これから生きていこうとしている人のための場所だ。七未の場所じゃない。七未はどこへいけばいい。どこへ。

七未はあてどもなく町をさまよい歩いた。途中から雨が降りだして、とある建物の中に避難した。暖かくて独特のにおいのする場所だった。それが古い紙のにおいだとは、七未は知らなかった。生まれて初めて足を踏み入れた場所、そこは図書館だった。

図書館の一角は畳敷きになっていた。すみのほうで親子連れが絵本を読んでいた。「だるまさんが……」とお母さんが読み上げるたびに、膝の上にちょこんと座った男の子がキャッキャッとかわいらしい笑い声をたてた。七未が靴を脱いで畳に上がると、お母さんはサッと目を伏せ、男の子は鼻をつまんで「くさ」と言った。親子の邪魔にならないよう、七未はなるべく身を小さくして、反対側の棚にもたれかかった。

どのくらい時間がたったのか、とん、とん、と肩を叩かれた。目を開けると、銀縁のメガネをかけた青年が七未の顔をじっとのぞきこんでいた。

「大丈夫ですか？」

いつのまにか眠ってしまっていたらしい。絵本を読んでいた親子連れはいなくなっていた。

「閉館時間です」

青年は言った。

外へ出るとすっかり日が暮れていた。畳のおかげだろうか、妙に体が軽かった。七未はいつになくすっきりとした気分で、夜の町へと歩きだした。

この日から、昼間は図書館で眠り、夜は起きて活動するという生活リズムが定着した。確実に、かつ安全に食料を手に入れるには昼間より断然夜だった。どうして今まで気づかなかったのだろう。図書館の近くにあるコンビニでは零時を過ぎると大量の食品が廃棄される。そこで数日分の食料を確保したあとは、夜が明けるまでなるべく車や人通りの多い場所を選んで過ごした。朝日が昇ると同時に図書館の真裏にあるだだっ広い広場に移動して、広場の時計の針が十時を指すタイミングで図書館へ移動した。そこから十七時まではお休みタイムだ。本当はもっと寝ていたいのだが、決まってメガネをかけた青年に、とん、とん、と肩を叩かれ、起こされた。

その晩も食料を手に入れるため、七未はいつものコンビニへ向かった。零時を少し回ったところで店の裏の扉が開き、中から買い物かごを抱えた少年が姿を現した。いつも同じ少年だ。髪を金髪に染め、手首にじゃらじゃらと音の鳴る金属をはめている。片手でゴミ箱のふたを開け、かごの中身を豪快に引っくり返して中身を移すと、手早くふたを閉めて店内に戻っていった。数分後にはゴミ収集車がやってくる。七未は足音を立てないよう、そうっとゴミ箱に近づいた。その時、閉まったばかりの扉が開いた。

「どぞ」

少年が、七未に向かって缶コーヒーを差しだした。

突然のことに七未はあたふたとした。

「あ、あの……」

「どぞ。毎日大変すね」

……ま、毎日ってわけじゃないんですけど……、平均すると三日に一回くらいかな……。口の中でもごもご言いながら、差し出されたコーヒーに手を伸ばした。少年は手首だけじゃなく指にも首にも顔にも金属を付けていた。ふと見上げたその顔に、七未は見覚えがあるような気がした。え。まさか。

「七男？」

「は？」

「……七男？　……じゃない？」

「おれトモヤす」

「あ、ごめんなさい、人違いです……」

七未がコーヒーを受け取ると、目の前の扉はパタンと閉まった。

まさか、七男のはずがない。顔も年齢も全然違う。第一、七男がここにいるわけがない。七男は今頃、見ず知らずの金持ちの家にいる。ああ七男。元気にやっているのだろうか。ご飯はちゃんと食べさせてもらえているだろうか。新しい家族にいじめられたりしていないだろうか。いじめられて、逃げだして、行き場を失くした七男が、夜の町をさまよってはいないだろうか。

その夜、七未は七男らしき少年を見かける度に声をかけた。七男？　七男だよね？　七男なんでしょ？　そうなんでしょ！　返事をしなさい！　七男！　背を向けて逃げようとする七男の肩をつかんで、無理矢理振り向かせた。

こちらを向いた七男は、銀縁のメガネをかけていた。

心配そうに七未の顔をのぞきこみ、

「大丈夫ですか？」

と言った。

七男。

「……僕は、ナナオさんじゃありません」

あれ？

「ずいぶんうなされていました。悪い夢でも見ましたか」

夢？

重たい体をゆっくり起こすと、そこは図書館だった。

一晩中、七男を探し歩いた七未は、いつものように図書館の絵本コーナーの片隅で爆睡したらしい。

「……すみません、閉館時間、ですよね」

「はい」

青年が出入り口のドアを開けた。

軽く頭を下げて出ていこうとする七未に、青年は唐突にこんなことを言った。

「人を、お探しなんですね」

七未は振り向いた。青年は静かな口調で続けた。

「その人は、あなたの、大切な人なんですね」

七未は頷いた。「……はい」

「大丈夫。会えます」

青年は言った。

どういうことだ？

「会える……んですか……？」

「会えます」

「どうすれば」

「どうもしなくていいんです。あなたには、思いがあります。それだけで、じゅうぶんです」

思い？

「……思ってるだけで、いいってことですか？」

青年は頷いた。

「そうです」

「それで、七男に、また会えるんですか？」

「会えます。あなたは、ただ、待っているだけでいいんです」

「探さなくても、いいんですか？」

青年は自分の胸にそっと手を当てた。

「探す必要などありません。思いが、あるんですから」

そこに何か見えているのか、青年は七未の眉間のあたりをじっと見つめた。

「……なるべく、動かないほうがよいでしょう」

七未はゴクリと唾を飲みこんだ。

青年が目を細めてにっこりと微笑んだ。そして、もう一度言った。

「大丈夫、会えます」

何か勇気をもらえた気がした。七未は青年に深々と頭を下げた。

「ありがとうございます、がんばります」

「行き違いになりませんように」

その夜、七未は町を徘徊しなかった。青年の言った通りに、広場のベンチにじっと座って七男がくるのを待っていた。酔っ払いにからまれても、野良猫が足におしっこをかけても動かなかった。

夜が明けても七男はこなかった。青年は嘘をついたのか。いや、待て。そもそも、彼は七男がこの広場にくるとは一言も言っていない。もしかしたら、再会を待つのにふさわしい場所が他にあるのかもしれない。そのあたりのことをもう少し詳しく訊いてみよう。広場の時計が十時になるのを待ってから、七未は図書館へと急いだ。

いつもは真っ先に畳の上に寝転がるのだが、今日はまっすぐカウンターへいき、「館長」の名札を付けたおじさんに、すみません、と声をかけた。館長含めこの図書館のスタッフたちは、七未が入ってくるのを見るといつも必ずマスクを着ける。

マスクを装着しないのは、あの青年だけだ。七未は彼が何時ごろ出勤するのか訊ねた。

「銀縁メガネの職員……？」

館長は首を傾げた。

「はい、若くて背の高い青年です」

「ここは、男はわたし一人だけだよ」

館長が言った。「メガネをかけてるスタッフは何人もいるけど、全員女性だしね」

「いつも閉館時間を知らせてくれるんです」

七未は言った。

「閉館時間……？」

「たくや君じゃないですか」

後ろでパソコン作業をしていた女性スタッフがこちらを振り向いて言った。

「ああ、はいはい、たくや君ね」

館長が笑って頷いた。

「たくや君？」

「たくや君は職員とは違うよ。彼はね、何て言うかな。ただの常連さん。毎日きてるよ。あれ？　でも今日はいないね」

「今日は病院の日ですよ。毎週水曜の午前中は、あの子病院だから」

「そうだそうだ、たぶん午後からくるよ」

「お母さんも一緒だと思いますよ」

「水曜だからね」

絵本コーナーの片隅で少し眠り、目を覚ますとたくや君がいた。窓際の席に腰を下ろし、熱帯魚の図鑑を広げていた。お母さんらしき人は近くに見当たらなかった。七未は数センチの距離まで近づいたが、とても集中しているようすだったので、声をかけることは控えた。扉の前でたくや君に一礼すると、先ほどの広場に走って戻った。

七未はベンチに腰かけた。手には何も持っていなかった。食べるものも、飲むものも、着替えも、毛布も。

七未にあるのは思いだけだった。それだけで、じゅうぶんです、たくや君は言った。

七男はこなかった。いつまで待ってもこなかった。夜がきて朝がきて、また夜がきて朝がきて、また別の夜がきて朝がきて。それを何度繰り返したところで、七男はこなかった。一体どれほどの時間が流れただろう。そうやって七男を待ち続けていたある日、七未は、重大な事実に気がついた。広場の公衆トイレの鏡に映った自分の顔を見た瞬間、七未はキャッと悲鳴を上げた。

誰だこれ。

そこにいるのは山姥《やまんば》みたいな女だった。どす黒い皮膚、おちくぼんだ目、こけた頬、体の上半身を覆う水分の抜けた髪、横から見ると、背骨は「く」の字に曲がっていた。

こんな姿で、七男に気づいてもらえるわけがない。ひょっとすると、すでに何度も広場の前を通っているのに、七未だとわからずに毎回素通りしているということはないだろうか。

七未は急いで落ちていた輪ゴムで髪をしばり、顔を洗って血行を良くするためのマッサージをした。大きく伸びをして、肩甲骨を開いたり閉じたりした。

少しはましになっただろうか。念のため座る場所も移動した。通りから最も見えやすい所に置かれたベンチに腰を下ろし、軽くあごを上げて背すじを伸ばした。

それでもまだ何か足りない気がした。見た目に若干の不安が残っているぶん、もっとわかりやすい、目印のようなものがあったほうがいいような気がする。何がいいだろう。ひと目見て、七男が七未を認識できるもの。七未が七男の母親であることを証明するのに、ぴったりなもの。

その時パッと頭に浮かんだのが、動物ビスケットだった。主治医からしょっちゅう送られてきたあのお菓子を、幼い頃の七男は主食代わりにかじっていた。七未もそうだ。あのアパートで、一時はあればかり食べていた。これぞ、母親しか知り得ない、七男の個人情報ではないか。たとえ見た目で判断に迷ったとしても、七未の手にした動物ビスケットを見れば、ああ、やっぱり、あれは僕のお母さんに違いない、と確信が持てるのではないか。ビスケットなら再会を祝して一緒に食べることもできるし。

よし、決まり。それには、まず動物ビスケットを手に入れなければ。買うお金は無いからコンビニかスーパーに盗みにいこう。でもそうしてるあいだに七男がここにきたらどうする。もし行き違いにでもなったら。

〝行き違いになりませんように〟。たくや君の発した言葉が、まるで呪いの呪文であるかのように重くのしかかってきた。

どうしよう、どうしよう、盗みにいくか、ここにいるか、盗みにいった隙に七男がここにきたらどうしよう。

その時、トン、と七未の目の前に何かが置かれた。四角い、ピンク色の箱だった。箱には動物たちのかわいらしいイラストが描かれていた。七未は自分の目を疑った。

……これ。これだよ、今、七未が一番欲しいもの。動物ビスケットだよ。うそ、なんで？

思わず立ち上がると、ハンチング帽をかぶった中年男と目が合った。

男は不機嫌そうにチラチラと七未のほうを見やりながら、また、トン、と何かを置いた。今度はチョコレート菓子の箱だった。男の足下には大きな段ボールが置いてあり、彼はその中から品物を取りだしていた。トン。箱入りのスナック菓子。トン。箱入りのクッキー。

いつの間に運ばれてきたのか、七未の座るベンチの前には小さな台のようなものが置かれていた。男はその台の上に、どんどん品物を積んでいった。トン、トン、コン、ドン、どすん、がしゃん。お菓子だけじゃない。おもちゃ、ゲーム、置時計、ぬいぐるみ、「純金製」と書かれた紙を貼り付けられた金色に輝く招き猫まである。なんだこれは。小さな台の上はあっという間に品物で満杯になった。

「どいた、どいたー、邪魔だよー」

七未の後ろではTシャツ姿の若者が二人、ベンチをどこかへ運び去ろうとしていた。二人のあとを追いかけようとした七未のすぐそばを、軽トラックが通り過ぎた。よく見ると、場内の至る所にワゴン車や軽トラックが停車していた。七未のベンチは公衆トイレの裏手の茂みに運ばれ、先に撤去されていた他のベンチと一緒に重ねて置かれた。細長い鉄の棒や白や赤の布を持った人たちが七未の前をいったりきたりし、あちこちで人を呼ぶ声やカンカンカンと何かを打ちつける音がした。円を描くようにぐるりとテントが張られていった。白いテントもあれば赤いテントもあった。トタン板で作られた屋根もあれば、ブルーシートの屋根もあった。幟《のぼり》が立てられ、電飾が張り巡らされた。あれよあれよというまに広場はお祭り会場に変身した。

『さつき町主催わいわいフェスタ。さつき第一グラウンドにて。十月二十九日（金）、三十日（土）、三十一日（日）』

こんなチラシが風に乗って七未の足下まで飛んできた。

唯一テントの張られていないスペースがあり、それは先ほどまで七未が座っていた場所だった。ハンチング帽の男は、そばに停めてあるワゴン車の荷台から高さの違う台をいくつも降ろし、それをベンチのあった場所に設置した。台の上に置かれた品物の数々は、どうやらゲームの景品らしい。

ハンチング帽の男がチラッと七未のほうを見た。七未は慌てて目を逸らし、ビニール袋の中でうようよ泳ぐ大量の金魚を観察しているふりをした。金魚は、ざざーという水音と共に青い大きないけすのなかへ真っ逆さまに流し入れられ、次の瞬間には何事もなかったかのような顔でスイスイ泳いでいた。祭りの開催期間は三日。そのあいだに、あの動物ビスケットを手に入れることはできるだろうか。

ハンチング帽の男は何か察するものがあったのか、またチラ、と七未のほうを見た。日が暮れてくるにつれ、徐々に人が集まり始めた。体を密着させた男女に、興奮を抑えきれない子供たち。肌寒い時期にもかかわらず浴衣を着た女の子たちは、目に留まった屋台を指差してははしゃいだ声を上げた。ラジカセから流れてくる雑音交じりのメロディーは、おそらく町のイメージソングだ。〇〇ちゃーん、ひさしぶりー、元気だったー？　会場のあちこちで旧友との再会を喜ぶ声が上がっていた。

男の店は大人気だった。男は祭りのスタートと同時にハンチング帽を脱ぎ、ハゲ頭にねじり鉢巻きで店に立った。

「らっしゃい！　らっしゃい！　並んで！　並んで！」

手のひらをぱんぱん打ちながら威勢のいい声を出した。

七未は男に気づかれないように、少しずつ動物ビスケットに近寄っていった。他の屋台をひやかしているふりなどしながら、一歩、また一歩、と距離を詰め、祭り開始から一時間がたって、ようやく、手を伸ばせばサッとさらえる位置に立つことに成功した。男は隣りに立った七未を鬱陶《うっとう》しげに睨みつけたが、追い払いはしなかった。その代わり、七未が動物ビスケットに手を伸ばそうとした瞬間、鬼のような形相でカッとこちらを威嚇した。何かあれば現行犯で捕まえようというつもりらしい。七未はひたすら機会をうかがった。男が景品を袋に詰めている時、お客と会話している時、釣銭を補充している時、何度か惜しい瞬間はあったのだが、結局、一日目は箱に触れることすらできないまま終了した。

お客の去った会場で、店主たちは静かに後片づけを始めた。屋台の骨組みや機材はそのままに、売り物だけをまとめてそれぞれのトラックやワゴンに積みこんだ。男は祭りの終了と共にねじり鉢巻きを外し、ポケットから取りだしたハンチング帽を頭に載せた。車に乗りこむ前に七未のほうを一度振り返ったが、何も言わずに走り去った。

二日目。空はどんよりと曇っていた。時計の針が午後四時を回ったあたりから徐々に昨日と同じ軽トラやワゴン車が乗り入れてきた。男は昨日と同じ場所で準備を始めた。邪魔くさそうに七未を見ながら、段ボールから取りだした品物を台の上に並べていった。動物ビスケットは一番最後に取りだした。七未に見せつけるように、さも大事そうに両手で持ち上げ、音を立てずにそうっと置いた。わざとなのだろう、パッケージの正面を七未に向けた。のほほんとした表情を浮かべたライオンの鼻先に、ポツ、と雨粒が落ちた。

祭り開始の五時が近づく頃には雨は本降りとなっていた。男は折り畳み椅子から立ち上がり、頭にかざしていた新聞紙をぐしゃぐしゃに丸めると、腹立たしげに地面に叩きつけた。景品にかぶせてあったビニールシートを乱暴にはぎ取り、片っ端から段ボール箱の中に品物を詰めこんでいった。その場から動こうとしない七未の体をぐいぐい押して端に移動させると、台を担いで、広場のすみに停めてあるワゴン車まで運んでいった。男が戻ってくると、隣りのイカ焼き屋の店主が「もうおしまいかい」と声をかけた。男はこたえず、黙々と帰り支度を始めた。他の店主たちは雨が止むのを待つつもりなのか、皆、手製の屋根やテントの下で、のんびりと煙草をふかしたりラジオを聴いたりしていた。

男はワゴン車に乗りこむと運転席のドアをばたんと閉めた。ドアガラスを半分だけ開け、遠くにいる七未に向かって「おい」と言った。

初めて話しかけられた。

男は、親指で車の後部座席を差した。乗れ、と言うのか。七未は首を振った。男はまだ何か言いたげな顔をしていたが、やがてフンと鼻を鳴らして走り去った。

三日目。昨日の雨は結局明け方まで降り続いた。あのあと男が去ってから、他の店主たちも皆あきらめたように立ち上がり、帰り支度を始めた。最後の車が去り、七未以外に誰もいなくなった祭り会場に、傘を差した親子連れがやってきた。「ね、わかったでしょ、今日はお祭りやってないの」。母親の口調は優しかったが子供はずっと泣いていた。傘の色とおんなじ赤い雨合羽に身を包んだ女の子だった。うっく、うっく、としゃくり上げるように泣く声は、母娘が立ち去ったあとも、七未の耳に残って、いつまでも消えなかった。

今、動物ビスケットは七未の目の前にある。右手をほんの少し動かすだけで、触れられる位置にある。男はこちらを見ていない。わいわいフェスタ最終日、男の店には長い行列ができている。

これは男の作戦だろうか。あえて油断させておいて、七未が手を伸ばした瞬間に取り押さえるつもりなのか。それとも、どうぞ持っていっていいですよ、という男からの無言のメッセージだろうか。いずれにせよ、七未は箱に手を伸ばせない。伸ばしたくても、伸ばせない。指一本動かすこともできなくなった。一体どうしたんだろう。昨夜零時を回ったあたりから、隣りにいるはずの男の声が、はるか遠くの山から聴こえてくる動物の鳴き声か何かみたいだ。らっしゃい、らっしゃい、並んで、並んで。祭囃子《まつりばやし》も、誰かの笑い声も、イカが焼かれるジューッという音も、たまに聴こえる、ぱん、ぱん、という音も、全部が、遠い。

たまにふっと意識が遠のいた。その度に七未はしっかりしなきゃとふんばった。でも、もうなんかだめな気がした。動物ビスケットの輪郭がだんだんぼやけて、七未の視界はピンク色の靄《もや》に覆われた。

「お母さん?」

と、どこかで聴いたことのある声がして、七未の閉じかかっていたまぶたがパッと開いた。

「お母さん?」

聞き間違いか。

「お母さん……ですか？」

聞き間違いじゃない。七男の声だ。七男！

「お母さん！」

それは七男だった。七未の目の前に、七男が立っていた。

信じられない。七男、七男だ！　七男！

「お母さん！」

本当に七男だ。大きくなっている。あのアパートで七未と別れた時は七歳だったから、今一体何歳だ。青い長袖のシャツを着ている、ジーパンを穿いている、腕時計もしている、七男！　七男に会えた、夢じゃない、七男、七男、七男！

「お母さん！」

七男が七未に触れようとした瞬間、

「コラァッ！」

と男が怒鳴り声を上げた。

七男は、伸ばしかけていた手を慌てて引っこめた。

「勝手に触ったらいかん！　並んで！　並んで！　割りこみ禁止！」

男は七男の体を強引に後ろへ押しやった。

「お母さん、お母さん！」

七男！　七男！

七男は男に押されるまま、列の一番後ろに並ばされた。

「ねえ誰ー？」

と、七男の背後から、ワンピース姿の少女がひょこっと顔をのぞかせた。

「僕のお母さんだよ」

七男は言った。

「おかーさん？」

「うん。僕の、本当のお母さん。前に話したことあるだろ。子供の頃に生き別れになった」

「……ああ。ふーん」

少女は品定めでもするような視線を七末に向けた。

「で？　七男の本当のおかーさん、あそこで何やってんの？」

「僕を、待ってるんだよ」

七男のこの言葉を聴いた時、七未は自分の思いの波がちゃんと相手に届いたことを知った。

ワンピース姿の少女は、七男の恋人なのだろうか。これ見よがしに七男の腕に自分の腕をからませ、「ねえねえ、それよりお腹空いたー、何か食べにいこうよう」と甘えた声をだした。

「これが終わってからね」

「やだ、やだ」少女は駄々をこねた。「射的なんてつまんない。それより一緒にたこ焼き食べよ」

「悪いんだけど、先に食べててくれる」

「やーだー。一緒がいいー。一人で全部食べたら太っちゃうー」

「それなら僕のも半分残しておいて。終わったらすぐにいくから」

「ほんとに？　ほんとにすぐきてくれる？」

「うん、いく。約束する」

「じゃあ、たこ焼きの屋台の前で待ってるね。絶対にすぐきてね」

七男は少女の背中を見送ると、あらためて七未のほうへ向き直った。七男のいる場所から、七未の立っている所までは約五メートル。その間に、十人のお客が列を作っていた。

七未に伝わるように、七男は大きな口を開け、ハキハキとした口調で言った。

「お母さん、僕の番がくるまで、そこで、待っててくださいね」

ウン、ウン、七未は頷いた。さっきから涙があふれて止まらない。七男、優しい子に育ってくれている。

列は少しずつ短くなっていった。一歩前へ進むごとに、七男は母親の顔を見て頷いた。あともう少しだよ、お母さん。ほら、また一歩近づいた。お母さん。もうすぐ僕の番だよ、お母さん。

七男の前には若い父親が立っていた。小学校低学年くらいの女の子と手をつなぎ、七男と同じように順番がくるのを待っていた。

「パパ、動物ビスケットだよ」

女の子は、先ほどからしきりに自分の欲しいものをおねだりしていた。

「わかってるって。パパにまかしとけ」

「百円ね」

男が片手を差しだした。

父親はあらかじめ用意しておいた百円玉を男の手に渡した。

「ちょうどね」

男は台に置かれたざるの中に百円玉を投げ入れ、反対側の手で持っていた長さ七十センチほどの銃を父親に渡した。

「パパがんばって」

父親は余裕の笑顔を見せた。

「見てな。パパが一発で当ててやるから」

父親は渡された銃を、肩に担ぐようにして構えた。動物ビスケットに狙いを定め、一……二……三秒後に引き金を引いた。

ぽん、という音と共に銃口から飛び出たコルク玉は、見事、動物ビスケットの箱に命中した。

「パパすごーい」

「すごいだろー」

景品を手にしてはしゃぐ親子の横で、男はもう次の準備に取りかかっていた。銃のレバーを引くと、ポケットから取りだしたコルク玉を中に詰めた。

「百円ね」

男は七男から百円玉を受け取ると、銃を渡して一歩下がった。

七男の動きに迷いはなかった。他のお客のように、銃を構えるということもしなかった。七未に向けてスッと銃口を向けたと思ったら、次の瞬間にはもう撃っていた。

飛びでたコルク玉は、七未の右肩に、こつん、と当たった。

七未の体が大きく揺れた。足裏は地面に固定されたまま、上半身だけが円を描くようにぐるりと回った、そのまま何かに引っぱられるように、七未の体は左に倒れた。がつん、という音がした。棚の角に耳の後ろを打ちつけた七未は、足下からずるずる滑って、仰向けに倒れた。続けて、ゴン、という音がした。先ほどの衝撃で、一等賞の純金製招き猫が七未の額の上に落っこちたのだ。

「大当たり〜」

男が鉦《かね》を鳴らした。

七男は台の上に銃を置いた。黙って立ち去ろうとするその背中に向かって、男が慌てて声をかけた。

「ちょっとお客さん、どこいくの。景品忘れてるよ」

「いりません」

七男は言った。

「いらないって……、いやいやいや、そりゃ困るよ。当てたものは責任持って持ち帰ってくんないと」

「いらないものは、いらないんです」

男は七男の肩に手を置き、声を低くして凄んだ。

「お客さん。そんな言いぶんが通ると思ってんのかい」

その時、遠くのほうで七男を呼ぶ声がした。七男ー、まだー？　たこ焼き冷めちゃうよー。

「今いく」

七男は男の手を振り払い、猛スピードで走り去った。

男はチッと舌打ちをし、ハゲ頭をかきむしった。そして開き直ったようにふんぞり返ると、辺りに聴こえるように大声を張り上げた。

「おーい、誰か、これもらってやるよって人、いるかい。タダだよ、タダ」

誰も名乗り出なかった。どれどれ何がタダだって？　物好きな人たちが見にきたが、皆、頭と額から血を流して横たわる七未を見た途端、ギャッと悲鳴を上げて逃げだした。

そんな中、ただ一人だけ、仰向けに倒れた七未の顔を心配そうにのぞきこむ人がいた。たくや君だった。

七未は言った。

……たくや君。

「大丈夫ですか？」

うん。

たくや君はにっこりと微笑んだ。

後ろにいるのはお母さんだろうか。たくや君は七未に軽く会釈すると、優しそうな中年女性と一緒にお祭り会場へ消えていった。

先ほどまでのにぎわいとは打って変わって、男の店はしんと静まり返っていた。七未のせいで、お客が寄ってこないのだった。ちくしょう、男は頭を抱え、まだ血を流し続けている七未を忌々しげに睨みつけた。はあ、と大きく息を吐き、面倒くさそうに腰を屈め、ヨッと七未の両足を持ち上げた。そのまま公衆トイレの裏の茂みまで七未の体を引きずっていき、重ねて置かれたベンチよりも、もっと奥の、草の手入れが行き届いていない所に転がした。そのへんの雑草をちぎって何となく七未の腹にかけたあと、男は公衆トイレで用を足し、そのあとは、もう、戻らなかった。

しばらくすると、会場のほうから男の威勢のいい声が聴こえてきた。らっしゃい、らっしゃい、並んで、並んで。

七未は、星の無い、真っ暗な夜空を眺めながら、その声を聴いていた。男の声の他にも、会場からは色んな音が聴こえてきた。わたあめの袋を閉じる時のキュッキュッという音、リンゴ飴にくっついたビニールをはがす時のペリリという音、わりばしが割られる時のパキッという音、金魚が水面で跳ねる音、泡の音、心臓の音。

七未は、なかなか死ななかった。

やがて祭りが終わり、聴こえてくるのは虫の鳴く声だけになっても、死ななかった。

いつ死ぬのかなと思った。

月も星も見えなかった。

夜中に少しだけ雨が降った。

それは、白く、ひんやりとした朝だった。

空の上では、先に死んだみんなが、七未がくるのを今か今かと待っていた。はやく、はやく、ナナちゃん、はやく。

ようやく七未が到着すると、みんな一斉に七未の元へ駆け寄ってきた。

「やっと終わったね」

「よくがんばったね」

そう言って、七未をぎゅっと抱きしめた。

ある夜の思い出

学校を卒業してからの十五年間、わたしは無職だった。一日、何をして過ごしていたかというと、畳の上に寝そべってテレビを観たりお菓子を食べたりしていた。父親からは毎日のように働け、働かないなら出ていけ、と言われていた。当時のわたしは、働く気も家から出ていく気もなかった。死ぬまで畳の上で寝そべっていたいと思っていた。

子供の頃からそんな感じだった。学校なんかいかずに、できることならずっと家のなかでゴロゴロしていたいと思っていた。でも、父親が許してくれなかった。だから、義務教育のあいだは無理をして外に出ていた。外にはあまりいい思い出がない。

朝から晩まで寝そべる生活を送っていると、二本足で歩くことがだんだん億劫《おっくう》になってくる。あの頃のわたしは、なるべく立ち上がらずに、いつも腹這《はらば》いで過ごすことを心掛けていた。

起きている時も寝ている時もいつも同じ格好だった。たまに床をズリズリと這ってトイレにいった。テレビやティッシュやリモコンや漫画など、生活に必要なものはすべて畳の上に置いていた。お腹が空けば手の届くところに転がっているお菓子を食べた。お菓子が見当たらなければ、猫を飼っていたので猫のエサを食べた。そのついでに猫のトイレを借りることもあった。猫とはよくけんかをした。

ある日、いつものように寝そべってテレビを観ていたら、父親の説教が始まった。またか、と思いながら聞き流していた。説教は長く続いた。途中でトイレにいきたくなったので、床を這って猫のトイレを借りにいった。戻ってくると、父親が丸めた新聞紙でわたしの頭頂部をポカポカと何度も叩いてきた。わたしは部屋中を逃げ回った。畳の上ではわたしのほうが俊敏だった。若い頃は富士登山が趣味だった父親も、年を取って腰痛に悩まされるようになっていた。わたしをつかまえようとするたびに「アイテテ」と言っていた。わたしは父親の股のあいだをくぐり抜けて廊下に出た。出ていけ！　後ろで父親が叫んでいた。二度と帰ってくるな！　わたしは鍵のかかっていない玄関からそのまま外に逃げだした。

いきおいで出てきてしまったが、久しぶりの外の空気は意外にもさわやかだった。手のひらに伝わるアスファルトの熱はじんわりと温かく、おだやかな日差しがわたしの背面をまんべんなく照らしていた。たしか五月の終わり頃だった。目の前に伸びる道を、わたしはひたすらまっすぐ、ズリズリと進んでいった。どこへ向かおうとしているのか自分にもわからなかった。こうしているうちに父親のほとぼりも冷めるだろうと思った。疲れたら道の端に移動して眠り、回復したらまた進んだ。

四度目の休憩を終えたあたりで、道に迷ってしまったことに気がついた。ずいぶんな距離を進んだように思ったが、一体どっちの方角からきたのだったか。家を出た時よりも、きこえてくる足音の数が明らかに増えていた。わたしの目線の高さからは周りの景色を確認することはできなかったが、駅前とか繁華街とか、人がたくさん集まる場所に近づいているような気がした。いつのまにか日が暮れていて、先ほどからわたしのお腹はグーグーと鳴り続けていた。

目の前にポップコーンが落ちていたのでひと粒つまんで口に入れた。自宅で猫のエサに馴染んでいたおかげか、塩味がきつく感じられてとてもおいしかった。ふと周りを見ると、あちこちに落ちていた。ひと粒、もうひと粒、と夢中でポップコーンを食べるわたしのことを、通りがかりの人たちは皆そっとしておいてくれた。外に出て何時間もたっていたが、そのあいだ、多くの足がわたしの体をよけるか、またぐかして通り過ぎた。外の世界は、わたしが思っていたよりも安全だった。一度だけ背中を踏まれたが、「す、すみません、すみません、気がつかなくて」と平謝りされ、逆にこちらが申し訳ないような気持ちになった。悪いのは、どう考えても道端に寝そべっているわたしのほうだった。

ポップコーンをすべて食べ終え、まだ何か落ちていないかとあたりを見回していると、急に雨が降りだした。

雨宿りできる場所を探してさまようううちに、雨脚はどんどん強くなっていった。ようやく乾いた地面を見つけた時には、すっかり夜になっていた。

わたしが見つけた雨宿り先は、屋根付きの商店街だった。すでに営業時間を過ぎたようで、通り道の両側にはずらりと灰色のシャッターが並び、その前には段ボールやゴミ袋が置かれていた。

先ほどのポップコーンはとっくに消化し終わって、胃のなかはからっぽだった。食べるものを求めてキョロキョロしながら進んでいくと、一軒の店先に黒い小さなポリ袋がちょこんと置かれているのが目に留まった。近づくと、油のいいにおいがした。結び目をほどいてなかを覗くと、潰れたコロッケが詰まっていた。

指先ですくってひと口食べるとほんのり甘いお芋の味が口中に広がった。つぶつぶ食感のミンチ肉や油で湿った衣が一瞬で体の疲れを吹き飛ばした。わたしは脇目も振らずにコロッケを頬張った。すべて食べ終え、大きなゲップが口から出た、その時だった。生き物の気配を感じた。

後ろに何かいる。それはたしかだった。猫？　いや、もっと大きさのある動物だった。犬か、それともイノシシか。何かはわからないが、後頭部に刺すような視線を感じた。わたしはおそるおそる振り向いた。次の瞬間、心臓が止まりそうなくらい驚いた。そこにいたのは人間だった。

人間の、男だった。長髪で顔の半分がひげだった。驚いたのは、彼がわたしとそっくり同じ姿勢でそこにいたからだった。

お腹を下にして寝そべっている。そしてわたしの顔をじっと見つめている。まるで金縛りにあったように、わたしたちはしばらくお互いの顔から視線を外すことができなかった。

最初に動きを見せたのは男のほうだった。通り道のあちら側から、ズリ、ズリ、と腹這いで近づいてきた。わたしは男と正面から向かい合うように、ゆっくりと体の向きを変えた。

向こうが進むごとに、同じ距離だけわたしも進んだ。男の顔面とわたしの顔面の間隔がどんどん狭まっていく。二メートル、一メートル。十センチ、五センチ、一センチ。わたしの鼻先に男のひげがふわりと触れた。その時、強い光がピカッとわたしたちの顔を照らした。

「危ない！」

男が叫んだ。地鳴りのようなエンジン音がこちらに向かって近づいてきた。男に手をつかまれ、わたしたちはサササと道の端に避けた。

トラックだった。タイヤの音が遠ざかるのを待ってから、男が口を開いた。

「……ゴミ収集車だよ。毎晩、この時間に回ってくるんだ」

「びっくりした……」

心臓がドクドクいっていた。

「しばらくしたらUターンしてくるよ。ここは危険だ」

男は体の向きを変え、店と店のあいだの路地を奥に入っていった。わたしは男のあとを追いかけた。

慣れた道なのか、暗がりのなかでも男はスイスイ前に進んだ。わたしは途中で何か硬いものに頭をぶつけたり、ビニール袋のようなものに足をとられたりと、わずかな距離を進むのにも苦労した。路地を抜けたところで男が待っていてくれた。やっと追いついたわたしに、「大丈夫？」と言った。

わたしはうなずいた。

「うん、なんとか」

「ここからは安全だよ。この道は車両進入禁止だから」

男が言い、わたしたちは横並びになった。雨はいつのまにか止んでいた。どこいくの？　と訊ねると、ぼくの家、と言った。

ほどなくして男は柵のようなものの前で止まった。

「ここだよ」

それは門扉だった。男はおでこで押してなかに入った。開く時にキイーと鳴った。門扉の向こうにドアがあった。男はトン、トコトントン、と節をつけてノックした。

すぐに玄関の明かりが点いた。少しの間があり、内側から静かにドアが開いた。男の肩越しに白い靴下をはいた足が見えた。

「お母さんだよ」

男が言った。

わたしは急な展開に戸惑いつつも、こんばんは、と挨拶をした。

お母さんは手にバスタオルを持っていた。顔は見えないが、靴下と同じ白色のエプロンをつけていた。男の濡れた髪とひげをバスタオルでゴシゴシこすった。お母さんの手は白くふっくらしていて、左手の薬指に銀色の指輪がはめられていた。男を拭き終えると、同じタオルでわたしの髪の毛もゴシゴシこすった。わたしは恐縮しつつ、お礼を言った。

「すみません。ありがとうございます」

お母さんは始終無言だった。

男が段差のない玄関を上がった。振り向いて、わたしに「どうぞ」と言った。

お母さんが先頭を歩いた。ピンク色のスリッパが、パタリ、パタリ、と控えめな音をたてていた。お母さんの後ろに男が、男の後ろにわたしが続いた。ピカピカに磨かれた廊下は、前に進もうとするとつるつるすべった。わたしが爪で床を引っかくたびに、男がチラと振り向いて、おかしそうに笑った。廊下を抜けると広々とした空間に出た。

「リビングだよ」

男が言った。複雑な模様のじゅうたんの上を進み、じゅうたんが終わるとまた廊下が始まった。

「ここは納戸」「ここはトイレ」納戸は引き戸になっていた。トイレはドアの下の隙間から芳香剤のにおいがした。「ここは知らない」「ここも知らない」広い家だった。何枚もの扉の前を通り過ぎた。

いつのまにかお母さんの白い靴下とピンクのスリッパが視界から消えていた。男は廊下のつきあたりで左折し、やぶれたふすまの前で停止した。

「ここがぼくの部屋」

男はふすまの穴に指を引っかけて横に引いた。

「どうぞ」

畳敷きの部屋があらわれた。

「楽にしてて。今お母さんがお茶の用意してるから」

男に促されてなかに入った。装飾品のない、殺風景な部屋だった。テレビ、目覚まし時計、リモコン、枕、ティッシュが、畳の上に直に置かれていた。本棚は二段しかなく、全部文庫本だった。本棚の前に座布団が三枚重ねて置いてあり、その隣りにはタオルが積まれていた。部屋の一角に新聞紙がばさっと広げて置いてあった。その下に猫砂がのぞいていた。

目の前にぶらんとぶら下がっている細くて長いチューブが気になった。精一杯首を伸ばして見上げると、大きなボールのようなものにつながっていた。

「水だよ」

男は手を伸ばしてチューブをつかむと、口にくわえてゴクンとひと口飲んだ。「お母さんが毎日水を入れ替えてくれるんだ」

突然、音もなくふすまが開き、部屋のなかに何かが差し入れられた。

「ありがとう」

と男が言った。ふすまはすぐに閉まった。

部屋の入り口に置かれていたのはお盆だった。男は手を伸ばしてそれを引き寄せた。

お盆の上には、ストロー付きのコップが二つと、おしぼりが二つ、カップケーキが二個のっていた。男はおしぼりで手を拭くとケーキを一個手に取り、わたしにもすすめた。

「食べなよ。おいしいよ」

きつね色に焼けた生地の上にスライスされたアーモンドがのっていた。

「いただきます」先ほどコロッケで満腹になったことも忘れてあっというまに完食した。「ごちそうさまでした」

「早いね」

男が笑った。

「だって、あんまりおいしくって」

「おいしいだろ。これ、お母さんが作ったんだよ」

「手作りなの？　すごい」

「お母さんはお菓子作りの天才だからね」

男は自分が褒められたような顔をした。「和菓子も洋菓子も、お母さんの作るものは何でもおいしいよ。お菓子だけじゃなくて普段の料理も絶品なんだ」

自慢のお母さんのようだ。そのお母さんに、わたしはまだひと言も口をきいてもらえていなかった。

「わたし、お母さんに迷惑な客だと思われてるんじゃないかな……」

「そんなことないよ。どうして」

「だって突然お邪魔しちゃってるし。さっき、こんばんはって言ったのに、何もこたえてくれなかったの」

「お母さんはそういう人だよ」

男は笑った。「心配しなくて大丈夫。ぼくとも全然話さないから。いつもこっちが一方的に話しかけるだけ」

「会話しないの？　お母さんと？」

「しない。だけど仲が悪いわけじゃないよ。お母さんはすごくいい人。ぼくの身の回りのことは全部お母さんがしてくれるんだ。こんなふうに食べるものを運んでくれるし、タンクに水を補給してくれるし、砂を取り替えてくれるし、空調を調節しにきてくれる。掃除も洗濯もしてくれるし、毎週土曜日には風呂にも入れてくれる。今日って何曜日だっけ」

「すごく愛されてるのね」

「そんなんじゃないよ。お母さんがいい人なだけ」

男はリモコンを手に取り、テレビをつけた。「クイズだワッショイをやってるってことは木曜日か」

男は座布団を二枚引き寄せて、一枚をわたしに寄越すと、もう一枚を自分のあごの下に敷いた。テレビ画面をじっと見つめ、司会者がクイズを出題すると、画面のなかの誰よりも早く回答した。

「上杉謙信！」

「……正解。すごい」

「歴史は得意なんだ」

そう言われてみると、棚に並んでいる文庫本も歴史小説ばかりだった。

「山口県！」

「……また当たった。すごいね」

男はしばらくクイズに夢中になっていた。コマーシャルに切り替わったタイミングで、初めて男に名前を訊ねた。

「ジャック」

と男は名乗った。どう見ても東洋人の顔立ちだ。

「笑わないでよ」

「笑ってないよ。お母さんがつけたの？」

「お母さんの息子がつけたんだ」

とジャックは言った。「のぼる君っていうんだけど。小学生だよ。三年生だったかな。今たぶんお風呂に入ってる」

「あなたの弟？」

「そんないいもんじゃないよ」

ジャックは顔をしかめた。「昔はかわいかったけどね。最近は態度も言葉も乱暴になってきて、正直まいってるんだ。えらそうに命令してくるしさ」

「あなたの弟が、あなたに名前をつけた？」

「だから、弟じゃないって。のぼる君はね、ぼくを見つけてくれた人。ジャックっていうのはね、当時幼稚園に通ってたのぼる君が夢中になってたアニメの主人公の名前なんだ。気に入ってないわけじゃないけど、できれば名前はお母さんにつけてもらいたかったなあ」

「どういうこと？　お母さんはあなたの本当のお母さんじゃないの？」

「お母さんはお母さんだよ」

その時、足音がきこえた。スリッパも靴下もはいていない、裸足で廊下をペタペタと駆ける音だった。「きたきた」とジャックが言った。

部屋のふすまがいきおいよく開き、同時に、うわーっという、甲高い叫び声が響き渡った。

「うわーっ。うわーっ。うわーっ」

日に焼けた二本の細い足が、ずかずかと畳の上を近づいてきて、足と同じ色をした顔が、わたしの顔を下からのぞき込んだ。

「ほんとに見つけてきた！」

のぼる君だよ、と隣りでジャックがささやいた。

「お母さん！　お母さん！」

のぼる君は廊下に向かって声を張り上げた。はあい、と遠いところで返事があった。

「きて！　早く！」

まもなく白い靴下をはいた足が、ふすまの陰からのぞいた。

「見て!」

のぼる君はわたしの顔を指差した。

「知ってる」

とお母さんがこたえた。案外、低い声だった。

「えー! なんで知ってるの」

「だってこの人にお茶とケーキ出したのお母さんだもん」

「うそお! なんで勝手にそんなことするの!」

「のぼるはお風呂に入ってたでしょ」

「どうしてすぐ教えてくれなかったの! ぼくがケーキあげたかったのに! いっつもお母さんばっかりじゃないか。ずるいよ!」

「あらそう。じゃあ明日からはのぼるがこの人たちにケーキあげる? お茶もあげて、水もあげて、ご飯も用意してあげる? 布団敷いて、猫砂取り替えて、お風呂も入れてあげる?」

「あげる!」

「うそばっかり。ジャックの時だって全部自分でするって言ったのに、結局お母さんがお世話してるじゃない」

「今度はほんと！　明日から全部ぼくがやる！　お母さんは何もしないで！」

「はいはい」

「すごいなあ。ほんとに見つけてくるなんて。ジャックってじつはもてるんだねえ」

「ふふ。そうみたいね」

「ねえ。子供うむかなあ」

「すぐには無理よ」

「じゃあいつうむ？」

「今日きたばかりだから。もう少し慣れてから」

「早くうまないかなあ。ぼくもう子供の名前考えてるよ。あのね、キングか、ガンマか、ゴリマルのどれかにする。どれがいいかな」

「全部男の子の名前じゃない。女の子が生まれたらどうするの」

「女はむずかしいよ。お母さん考えて」

「うーん。ハッピーちゃん」

「やだよ！　そんなの」

「そお。いいと思うけど。じゃあこの人をハッピーちゃんにしましょうか」

「うん、それならいいよ。おい、ハッピーちゃんだって。いい？」

何が何だかわからないまま、わたしはうなずいた。

「あはは。うん、だって。喜んでる。ハッピーちゃん。おまえとジャックは今日から夫婦だぞ。たくさん子供うむんだぞ」

「さあ続きは明日にしましょう。もう寝る時間よ」

「やだ。お父さん帰ってくるまで起きてる」

「お父さん今日は会議で遅くなるって言ってたでしょ。帰ってくるのは真夜中よ」

「じゃあ真夜中まで起きてる」

「バカ言わないのっ」

こつん、と頭をこづく音がした。

「わかったよ。じゃあ、ちょっと待ってて」

そう言いながらのぼる君は一旦部屋から出ていった。そしてすぐに戻ってきた。

「これあげる」

紙パック入りの牛乳をわたしの目の前に置いた。

「はい、ジャックにも」

「ありがとう」

とジャックが言った。

お母さんが押入れを開けて布団を下ろした。のぼる君と二人で布団を敷いているあいだ、わたしとジャックは部屋のすみに移動していた。一組の布団に、枕が二つ並べて置かれた。

「ジャック、ハッピーちゃん、おやすみなさい」とのぼる君が言った。

「おやすみなさい」とジャックが言った。

ふすまが閉まった。足音が遠ざかり、再び部屋のなかに二人きりとなった。クイズ番組はいつのまにか終わっていて、テレビ画面はどこかの国で観測されたという隕石落下のニュース映像に変わっていた。

ジャックに訊きたいことがたくさんあった。何から訊ねるべきか迷っていると、先にジャックが口を開いた。

「……ハッピーちゃんだって」

「笑わないでよ」

とわたしは言った。

「笑ってないよ」

とジャックが言った。「かわいい名前じゃない。やっぱりお母さんはセンスあるね。それに比べてのぼる君は、何て言ってたっけ。キングとガンマと、ゴリマル、だっけ？ どれも強そうな名前だなあ」

「子供の名前だって、のぼる君言ってたけど」

「うん」

「どういうこと？ わたしが、ジャックの子供を産むの？」

「あ、いや、それは……」

「のぼる君言ってたじゃない。ジャックが、わたしを見つけてきたって」

「うん」

「あれって、どういう意味？」

「うーん」ジャックはもしゃもしゃとひげをかいた。「……じつはね、ずっと前からのぼる君に言われてたんだ。お嫁さん見つけてこいって」

「お嫁さん」

「しつこいんだ、のぼる君。ぼくが従うまで絶対に許してくれないんだ。だから、ここ最近は毎晩お嫁さん探しに出歩いてた。でもなかなか見つからなくて。今夜、ようやく。もちろん嫌なら断ってくれてかまわないんだけど……」

ジャックは困ったような顔をしてうつむいた。今日初めて会った人から、わたしはプロポーズされていた。

「……本当にわたしでいいの？」

「あたりまえじゃないか！」

ジャックの吐息が顔にかかった。さっき食べた甘いケーキのにおいがした。ジャックはまっすぐにわたしの目を見つめ、きみしかいない、といった。

きみしかいない。わたしも同じ気持ちだった。初めて目が合った瞬間に、この人しかいないとわかっていた。わたしはぺこりと頭を下げた。

「よろしくお願いします」

「あーよかった」

ジャックは大きく息を吐いた。そしてのぼる君が置いていった牛乳に手を伸ばし、ストローを包んでいる透明の袋を丁寧にはがすと、わたしの左手薬指にそれを巻きつけ、キュッと結んだ。

「指輪のつもり」

わたしたちはお母さんが敷いてくれた布団の上で牛乳を飲んだ。おでことおでこをくっつけて、クスクス笑い合いながら飲んだ。ジャックの柔らかなひげがわたしの鼻や頬に何度も触れて、そのたびに牛乳をふきだしそうになった。今朝、家を出た時には、まさかこんなことが起こるとは想像もしていなかった。これから数え切れないくらい、ジャックとここでこうして牛乳を飲むのだろうか。キングと、ガンマと、ゴリマルも一緒に、クスクス笑い合いながら、ここで牛乳を飲むのだろうか。

まだ信じられない。信じられないけど現実だった。わたしの左手薬指にはもらったばかりの「指輪のつもり」が輝いていた。

ふと、父親のことを思いだした。彼氏どころか知り合いと呼べるような相手もいないわたしが突然結婚すると言ったら、父親はどんな顔をするだろう。きっとものすごく驚くだろう。驚いて、嬉し涙を流すかもしれない。今まで散々迷惑をかけてきたが、これでやっと安心させてあげることができるのだ。

目覚まし時計を見ると、まもなく十時になるところだった。追いだされてから半日がたとうとしている。さすがに怒りも収まっているだろう。

「ねえジャック。今から家にきてくれない？」

ジャックはストローを口にくわえたまま、キョトンとした。

「どこに？」

「家。わたしの家」

「……きみ、家があるの？」

「わたしの家っていうか、お父さんの家だけど」

「お父さん？　きみ、お父さんがいるの？」

「いるよ。お母さんはいないけど。あなたのこと、今からお父さんに紹介したいの。こんな時間だけど、どっちにしても一度家に帰らないとお父さん心配するから。せっかくだからジャックも一緒についてきてよ」

「な、何言ってるの？　無理だよ、そんなの」

「どうして？」

「どうしてって……。いけないよ。いけるわけがない」

「結婚のあいさつくらいいいじゃない。ぼくたち結婚しますって報告するだけよ」

「そんな簡単に言わないでよ。あいさつなんて、無理に決まってるじゃないか」

ジャックは悲しそうな顔をした。

「どうしてもだめ？」

「だめだよ。申し訳ないけど……」

「わかった。残念だけど、わたしひとりでいってくるね。明日の朝には戻ってくるから」

わたしは布団の上を這っていき、ふすまの破れた穴に手をかけた。

「だめ！　いったらだめだ」

突然、ジャックが強い力でわたしの足首をつかんで引っぱった。

「ちょっと、どうしたの？　家に帰ってお父さんに報告するだけだよ。明日にはまたここに帰ってくるのよ」

「いかないでよ」

「そういうわけには、じゃあ、今夜中に帰ってくるから」

「ほんとうに？」

「ほんとうに」

「ほんとうに帰ってくる?」

「帰ってくる」

「帰ってこないような気がするんだよ」

「帰ってくるよ」

「約束する?」

「約束する」

ジャックはつかんでいたわたしの足首を静かに放した。わたしたちは約束の指切りをした。

廊下に出ると、どこかでシャワーを使う音がきこえていた。お母さんだろうか。のぼる君はおとなしく眠っているのか、足音も話し声もきこえなかった。

玄関の方向へ進んでいた時、後ろについてきていたジャックが「そっちじゃない」と言った。「この時間は、玄関の鍵は閉まってるから。こっち」

そこは、先ほど通りがかった時に、ジャックが「ここは納戸」と言っていた引き戸だった。開けると、なかは真っ暗だった。入ってすぐに箱のようなものに頭をぶつけた。気をつけて、とジャックが言った。家具の脚や、段ボールと段ボールの隙間に無理矢理体をねじ込ませながら、何とか窓際まで辿り着いた。

「ここから出れるから」

ジャックはカーテンのすそをめくった。「ここだけ鍵が壊れてるんだ」

「ありがとう」

体の幅だけ窓を開けた。冷たい風が顔にあたった。街灯のせいか、家のなかより外のほうが明るかった。

段差があったので慎重に芝の上に手をつきながら庭に下りた。後ろを向くと、ジャックが今にも泣きだしそうな顔をしてこちらを見ていた。その時、初めて気がついた。顔中をひげに覆われてはいるが、ジャックは、まだ、とても若い。

「お母さんに」とわたしは言った。

「うん。伝えとく」とジャックが言った。

「すぐ帰ってくるから」

「待ってる」

ジャックに教えられた通り、右へ進むと門扉があった。おでこで押しても開かなかったので、下をくぐって道路に出た。

自分がとんでもないドジを犯したことに気がついたのは細い路地を抜けて商店街に出た直後だった。一体、わたしはどこへ向かおうとしているのか。自宅がどっちの方角にあるのかもわからないのに。

うっかりしていた。よく考えたら今いる町の名前も知らないのだ。ジャックに地図でも借りようと思い、きた道を戻ろうとした。その時だった。目の前がパッと明るくなった。と同時に、本日二度目の、地鳴りのようなエンジン音が耳のすぐそばできこえた。逃げる暇などなかった。わたしは轢《ひ》かれた。

わたしを轢いたのはゴミ収集車だった。運転していたのが市の職員だったことから、新聞の記事にもなった。警察の調べに対して運転手は「まさか、道の真ん中で寝てる人がいるとは思わなかった」と話したそうだ。この事故でわたしは全治三カ月のけがを負った。

こういったことは、すべて、意識が戻ったあとにきかされた。わたしは自分のけがの度合いも知らなければ、事故が新聞で取り扱われたことも知らなかった。救急搬送されてから丸一週間、わたしは病院のベッドの上で眠り続けていた。目が覚めた時、最初に飛び込んできたのは父親の顔だった。真由美《まゆみ》、真由美、と何度もわたしの名前を呼んでいた。

「お父さん。わたし結婚することになったよ」

わたしは笑顔でそう言ったらしい。そしてまたすぐに眠りに落ちた。父親も医者も看護師も、誰もわたしの話を信じてくれなかった。事故のショックで夢と現実の区別がつかなくなっている。そんなふうに言われ続けているうちに、自分でも何が本当かわからなくなった。薬指に結んであった「指輪のつもり」は、気づいた時にはなくなっていた。どうしてもこの目でたしかめたくて、退院してすぐにひとりで事故現場を訪れた。わたしが轢かれた場所は、自宅から二キロほど離れた場所にあるアーケード商店街のなかだった。あの日、家を飛びだしたわたしは、ひとり遠いところまで来たと思っていたが、じつは町内をさまよっていただけだった。

全長五百メートルのその商店街を、松葉杖をつきながら歩いた。

入り口から十メートルほど進んだところに、精肉店があった。店頭でコロッケの販売をしていたので、その場で買って味見をした。ひと口かじった瞬間に、間違いないと確信した。温度や歯触りは違っても、黒いポリ袋からすくって食べた、あの味だった。

精肉店の右隣りは八百屋で、左は薬局だった。薬局とのあいだに、人ひとりが通れるくらいの細い路地が伸びていた。ゴミやガラクタを避けながら路地を抜けると、車両進入禁止の標識が設置された道に出た。道の向こう側は、似たような家が立ち並ぶ住宅街だった。

同じ色の屋根、同じかたちの窓、同じ色の壁がずらりと並び、どの家にも鉄製の門扉がついていた。わたしは一軒一軒チャイムを鳴らし、そちらにジャックさんはおられますかとインターフォン越しに訊ね歩いた。

おりません。いません。お間違いではないですか。

どの家でも同じようなこたえが返ってきた。それが低い女性の声だったりすると、居ても立ってもいられなくなり、思わず「お母さんですか？」と訊ねた。「あなたどちらさまですか？」「ハッピーちゃんです」「警察呼びますよ」こんなやりとりが何度も繰り返された。結局、わたしはジャックとの再会を果たすことはできなかった。

あれから十年がたつ。当時無職だったわたしも、今では家計を支えるため、毎日働きに出ている。夫と子供を送りだしたあと、自転車をこいでパート先の工場へと向かう。朝九時から昼の三時まで、ひたすらハンドクリームの容器にペタペタとラベルを貼りつけていくのがわたしの仕事だ。性に合っているのだろうか、楽しいか楽しくないかと言われれば、楽しい。リズムに乗って手首と指先を動かすことも、毎月二十日の給料日も、朝礼後のラジオ体操も、パート仲間とお弁当を食べながら、いない人の悪口を言うことも。外で働くことは、わたしが思っていたよりもずっと楽しかった。

三つ年上の夫とは、七年前に父親の知人の紹介でお見合い結婚をした。結婚してすぐに夫の転勤が決まり、まもなく隣りの県に引っ越した。一緒に越してきた父親は、翌年の冬に心臓発作で倒れ、意識が戻らないまま、二週間後に亡くなった。父親と入れ替わるかのように、息子が生まれた。先月、小学生になったばかりだ。スポーツ好きの夫に似たのか体を動かすことが大好きで、三歳の頃から続けている水泳と体操に加え、最近はサッカーも習いたいと言いだした。月々の出費は嵩《かさ》むが、夫もわたしも、本人が挑戦したいと思うことは何でもやらせてあげたいと思っている。

最近はパートと家事に追われて、一日があっというまに過ぎていく。昔の自分では考えられないことだが、忙しければ忙しいほど充実していると感じる今日この頃だ。

人は変わるものだとしみじみ思う。忙しくて平和な日常。やさしい夫とかわいい息子。この生活に不満のかけらも抱いていない。それでも時々、ふと頭をよぎる瞬間がある。たとえば、朝、お弁当箱におかずを詰めている時、ベランダで洗濯物を干している時、通勤途中で信号待ちをしている時、夫のシャツにアイロンをかけている時。今頃、どうしているだろう、と。

笑っているだろうか。怒っているだろうか。泣いているだろうか。のぼる君に命令されて、わたし以外の誰かを見つけただろうか。その誰かが、キングを、ガンマを、ゴリマルを、産んだのだろうか。それとも、帰ってくると約束したわたしのことを、今もあの部屋で待ち続けているのだろうか。

わたしの鼻先には、あの夜に触れたひげの感触が、今も消えることなく残っている。

ボーナスエッセイ

バイキング

前の前の職場の先輩であるHさんは食べ放題が好きで、Hさんと仲の良かった私はよくランチバイキングに誘われた。四回も五回もおかわりをして、二人揃っていすから立ち上がれなくなるほど食べるのが幸せだった。Hさんと一緒なら、何をどれだけどんなふうに食べても良かった。私は二年足らずでその会社を辞めた。辞めて間もない頃に、二人で一泊二日の温泉旅行に出かけたことがある。

泊まったのは宿泊もできる健康ランドのようなところだった。出される食事は二食ともバイキング形式だ。私達の本当の目的は温泉ではなく、食べることだった。

初日の夜、浴衣に着替えていそいそとバイキング会場に向かった。料理の種類が豊富で、どれもおいしかった。ただ何を食べたかはよく覚えてない。食べ放題ではいつもそうだ。食べたはしから忘れる。Hさんはエビフライが好きだからエビフライをたくさん食べていたと思う。私はなすびの料理を三回はおかわりしただろう。デザートもたっぷり食べた。その場で焼いてくれるクレープがあった。

食べている間、会話はない。先輩達の中には、産地のことや味付けのことを言う人がいる。Hさんは一切言わない。「おいし」しか言わない。幸せだ。

満腹になるまで食べ、部屋に戻ってからも持参してきたお菓子を食べた。Hさんはジュース、私は缶チューハイを飲みながらテレビのお笑い番組を見た。仕事の話なんかしない。夜更かしすることもなく、十一時くらいには電気を消して眠った。

そして翌朝も食べ放題だ。Hさんも私も朝風呂に入ったらお腹が空いた。会場に着くと、すでに私達と同じようにお腹を空かせた宿泊客が列を作っていた。まずは席を確保しておいて、料理が並べられたテーブルへと向かう。Hさんは佃煮や温泉卵やのりや納豆や梅干しなどのご飯のおともを全種類とってきてわけてくれた。私の皿はスクランブルエッグが山盛りだ。大量のケチャップをかけてスプーンで食べるのだ。

一皿目を食べ終えたので一緒におかわりしに行った。さっきより混んでいて、食べたいものをとるのに時間がかかった。二皿目にも卵とケチャップをのせた。Hさんは何を選んでいただろう。ご飯のおかずだけでなく、甘いパンも何個かとっていたかもしれない。

テーブルに戻ったら、さっきまでHさんが座っていた席に小さなおばあさんが座っていた。テーブルは四人掛けで会場は混んでいるのだから相席になるのはしかたない。テーブルの上にはおばあさんのものと思われる少量のおかずが盛られた皿が置いてあり、皿の横に腕がごろんと置いてあった。左腕で、灰色だった。すぐに義手だとわかった。私達が戻ってきたのに気づくと、おばあさんはテーブルの上の左腕をつかみとり、壁のほうを向いた。

べリべリ、べリべリべリとマジックテープをくっつけてははがすような音が繰り返し聞こえていた。その音が止むとくちゃくちゃと食べ物を咀嚼する音が聞こえた。私は自分の皿だけを見つめてせっせとおかずを口に運んでいった。

私達よりおばあさんのほうが食べ終えるのが早かった。ゆっくり立ち上がると、おかわりすることもなく、会場の外へ歩いて行くのが私のいる位置から確認できた。左腕は遠くから見たほうがより大きくより黒く見えた。

Hさんに「あの人、出て行きましたよ」と小声で伝えた。Hさんは「ほお」と言い、もぐもぐもぐもぐ食べていた。

おばあさんがいなくなったので、私は通路側の席から最初に座っていた壁側の席に移った。Hさんも、私と向かい合うように、さっきまでおばあさんが座っていた席に移動した。突然Hさんが「ワッ」と声をあげて足下をのぞきこんだ。見ると、Hさんの足下に、卵のかけらや野菜のくずなど、食べかすがたくさん散らばっていた。

「あのおばあちゃん行儀悪いなあ」Hさんは顔を上げるとそう言って笑った。

私は笑わなかった。私は少し前から機嫌が悪くなっていた。「だって、しかたないですよ、それは。だって」とか言いながら残りのおかずを口に運んだ。

Hさんと私は、初めて三回目のおかわりをしなかった。部屋に戻ってテレビを見たり身支度を整えたりしているうちに出発の時間になった。帰りの列車で、私はほとんど眠って過ごした。目が覚めたら隣りの席でHさんが駅弁を食べていた。私もパンか何かを食べ、食べ終えるとまた寝た。大阪駅に着く頃にHさんに起こされた。ぼんやりと車窓から外の景色を眺めている私に、Hさんは「なあなあ、さっきな、ためしに右手だけでお弁当食べてみてん。こぼさんときれいに食べれるで」と言った。

「そうですか」私が言うと、会話は終わった。

Hさんと大阪駅で「じゃあまた」と言って別れてから「また」がこないまま十年が

経つ。その間メールも電話もしてないけど、なぜか年賀状のやりとりは続いている。先日、引っ越しをした。偶然だけど、引っ越し先はHさんの家のすぐ近所だ。引っ越しを知らせるハガキはまだ出してない。スーパーや郵便局に行くと、Hさんがいるのではと思い、ドキドキしてしまう。無視されないだろうか。逆に無視してしまわないだろうか。会いたいのか会いたくないのか。もやもやドキドキするのがもうしんどくて、外出のたびにあの旅行の二日目の朝に戻って、何かをやり直したくなってくる。

（「文學界」二〇一六年九月号）

日記とエッセイ

文學界から初めて執筆依頼のメールが届いたのは二〇一六年六月のことだった。テーマは自由、原稿用紙換算で五枚半、エッセイ欄への寄稿をお願いしたいという内容だった。深く考えずに「承知しました」と返信し、その日から思い悩む日々が始まった。一体何を書けばいいのだろう、読んだ人が面白いと思うようなエッセイとはどんなのだろう、五枚半ってよく考えたら長いなあ。出版社からエッセイ執筆の依頼を受けるのはこれが初めてではなかった。たしか四度目くらいだった。そのうち何とか形になって誌面に載ったのは一本だけ。他のはボツになったわけではなく、最後まで書き上げることすらできなかった。

今回はそうならないように何が何でも最後まで書くぞと決意した。この少し前に、数年ぶりに書いた短編小説が雑誌に掲載されたこともあり、やる気に満ち溢れていたのだ。内容はどうでもいい、ボツになってもいい、最後まで書けたらそれで良し、と自分のために低いハードルを設けると、早速机に向かった。全然書けなかった。一文字も書けない。個人的な日記なら毎日どころか朝と晩、一日二回書いているというのに、これがエッセイとなると何も書けなくなるのはなぜだろう。過去の自分に頼るしかないと思い、日記を読み返してみたが、感情が書き殴ってあるだけで、エッセイの題材になりそうな出来事は一つも記されていなかった。それどころか支離滅裂な文章やネガティブワードで埋め尽くされたページを目にしていると、どんどん気が滅入ってきた。自分の書いた日記とはいえ、あまりにひどい。こんなものをそばに置いていては幸せが遠のく、そう思った私は、エッセイのことは一旦忘れて、まずは日記帳を処分することにした。それまでにも三十冊近く処分してきたが、まだ十数冊の日記帳が手元に残っていた。それらを小さめのポリ袋に一冊ずつ入れていき、その上からビーフシチューを流し入れ、すべてのページにまんべんなくルウが行き渡るように袋の上からよおく揉み込んでからゴミの日に出した。初めて日記帳を捨てた二十代半ばの頃からこのやり方は変わっていない。最初は前日に作りすぎて余ったビーフシチューを使っていたのだが、二回目からはお湯の中に固形のルウを割り入れて溶かしただけのものを使用するようになった。具無しのほうが冷めた時にドロッとしすぎず、紙と紙の間に入っていきやすいのだ。手間はかかるが、自分の文章が他人の目に触れるのを防ぐためにどうしても必要な作業だった（ビーフシチューの色ととろみで文字を判読不可能にするというのは我ながら良いアイデアだと思っていたのだけど先ほどネット検索してみたら「墨汁に浸す」という方法が紹介されていたので次からはそうしようと思う。食べ物を粗末にするのは良くない）。

日記帳は無事に処分できたが、エッセイはどうにもならないままだった。引き受けた時点で締め切りまでひと月半もあったのに、それがひと月になり半月になり、とうとう残り一日となった。さぼっていたわけではなく、その間ずっと考え続けていた。数年ぶりに書いた短編小説が文学賞の候補になったという報せを受けて東京へ赴いた際も、選考結果よりエッセイのことが気になってしょうがなかった。いくら考えても一向に進まないので、近くの神社に神頼みにも行った。そうして迎えた締め切り当日、徹夜をして無理矢理書き上げたのは、八割が嘘のエッセイだった。

作者が実際に体験したことを書くのがエッセイだと思い込んでいた私は、こんなに嘘ばかりついて大丈夫なのだろうかと心配になった。その嘘が面白ければ良いのだろうが、大変つまらないのだ。読者を怒らせてしまったらどうしよう、世間の笑い者になるのでは、ああ、また私は私に恥をかかされるのか、私だけならいいけど家族にだけは迷惑をかけたくない、いっそのこと発売日に一軒一軒書店を尋ねて自分の文章が印刷されたページにビーフシチューをかけて回りたい……。

八月のある日、問題のエッセイが載った文學界が自宅に送られてきた。思えば文學界を手にしたのはこの時が初めてだった。見た目はぶ厚いのに持ってみると案外軽い。赤い表紙に著名な作家の名がずらずらと並ぶなか、私の名前はどこにもなかった。最初のページから順番に、難しいところは飛ばしつつ、時間をかけて目を通していった。ひと月半もの間、死に物狂いで考えた私のエッセイは、ちゃんと掲載されていた。

ほぼすべてのページに目を通し終わる頃にはぐったり疲れていた。自分の自意識過剰ぶりに、ほとほと呆れてもいた。ビーフシチューをかけるまでもない。私の拙い文章が、一体誰の記憶に残るというのか。

私は安心して文學界を閉じた。そして、いつかまた載せてもらえるようにがんばろう、と思った。

（「文學界」二〇二一年二月号）

日記

5月27日(水)

娘としまむら。パジャマとワッペンとキーホルダーを買う予定がパジャマはサイズがなくてワッペンは売ってなくてキーホルダーだけ買って帰宅。マンションの入り口で同じ階に住む親子に話しかけられた。息子さんは娘と同い年。幼稚園らしい。家族以外の人と会話するのは二カ月ぶり。訊かれてもないことをべらべら喋った。私が喋ってる途中で息子さんが突然叫び声を上げたので驚いた。威嚇されたような感じがして何か落ち込んだ。

夜は小説、の予定が畳の部屋からZARDが聴こえてきて全然集中できなかった。いつもなら音量下げてもらうけど今日は坂井泉水の命日だから頼めない。音楽が止むまで我慢した。二時過ぎまで止まなかった。申し訳ないけど、うるさいと思った。飲酒して少し寝た。

5月28日（木）

娘と自転車の掃除。二カ月乗ってないから埃だらけ。娘が丁寧に拭いてくれてきれいになった。明日はこれに乗って保育園に行くのかと思うと、今から緊張と不安。

掃除の後はサンディへ。すごい人だった。何も買わず出てきた。帰宅してお薬屋さんごっこ、保育園屋さんごっこ、イオン屋さんごっこ、動物園屋さんごっこ、ぬりえ、数遊びなど。

夜は三人揃って晩ご飯。娘、上機嫌でおならやおひげやおしりの話をした。明日保育園なのに。明日の娘の憂鬱を想像して私が憂鬱になった。

十時から小説。眠い。この三カ月くらいずっと眠い。娘、夜中に鼻血。

5月29日（金）

約二カ月ぶりの保育園。家ではニコニコだったけど到着したら泣いた。私も泣きたかった。Yちゃんのお母さんに話しかけられて必死に何か喋った。何を喋ったか思い出すと消えたくなるから忘れる。忘れた。赤面症は悪化している。自分にもメカニズムがわからない。わかる時もあるけど、今日のはわからない。

日中は小説。明るい内から机に向かうの久しぶり。家に誰もいないと笑わなくていいからすごいラク。でもできなかった。昼でも夜でも同じことだった。できない。

娘、昼からは笑顔で遊んだらしい。良かった。夜はすぐ寝た。お疲れさま。

私も飲酒して十時半に寝た。

5月30日（土）
娘と夫は天王寺動物園。ばあばとM君も一緒。私は一人で小説がんばる日。せっかく丸一日もらったんだから無駄にできない。明日、Sさんに送る。できたとこまで。さっき失敗しているとわかったから今から全然違う話を考える。ちゃんと寝た結果、今までのは全部失敗だったとはっきりわかった。気づくのに二カ月半もかかってるんだからどうしようもないバカ。また最初から。
深夜一時、諦める。

5月31日（日）

Sさんに送った。送ったけど送ってないも同然。できてないから。今までの全部忘れないと。

娘と夫、ばあばの家に泊まって昼過ぎに帰宅。動物園で買ってもらったタヌキのサングラスかわいい。楽しかったみたいで良かった。

何もないけど結婚記念日。六十歳になったら渡す手紙を書いた。

6月1日（月）

今日から本格的に保育園始まる。娘、よく泣いた。私の緊張と不安が伝わるんだと思う。どうしてあげることもできない。くわばたりえとか奥山佳恵みたいな母親になりたい。

日中は小説。読み返したら全然だめ。

夜はチンジャオロース、小松菜お浸し、味付け豆腐を作ったけど全部失敗、全部まずかった。特に小松菜が固くて味も悪くて嚙みながらイライラした。せっかく三人揃っての夕飯だったのに。まずいもの作った上に逆ギレまでして最低だった。空気悪くしてごめんなさい。歯磨き後に謝罪。飲酒してもう一回歯磨きして寝た。

6月2日（火）

娘、今朝は泣かなかった。良かった。

小説は昨日より更に悪くなってる。

夜はくら寿司。三カ月ぶりの外食。焼きハラスばっかり食べた。娘、お茶を盛大にこぼした後もケロッとした顔でおすし食べてて立派だった。このまま大きくなってほしい。お茶がこぼれたくらいでこの世の終わりみたいな顔してアワアワ言いながらウエットティッシュでテーブル拭くような四十歳にならないように。夫がどこからかキッチンペーパーの束みたいなの持ってきて、あっというまにきれいにしてくれた。ありがとう。

くら寿司の後はセイムス。スタンプ五個溜まったからプレゼントもらえる。娘、飛行機のおもちゃを選んだ。夫と私はブーブークッションを選んでほしかった。帰宅してチーズケーキ食べて寝た。

（「新潮」二〇二一年三月号／『パンデミック日記』二〇二一年六月、新潮社刊所収）

解説

村田沙耶香

外を散歩している。「青空」が広がっていて、「風」が心地いい。「公園」の中に「芝生」が広がっている。「口」を使って呼吸をし、「足」を動かして歩き、「手」を使って水筒の「水」を飲む。生まれた時から、当たり前に名付けられていたものたちに囲まれ、違和感のない「日常」を過ごしている。

けれど、その裏側には言葉が与えられていない感情、光景、肉体、感覚、物質、意識たちの世界が静かに、けれど確実に存在している。私たちはその世界を見逃しているようで、無意識では確実に嗅ぎ取っていて、それらの存在は消去されるわけでも発見されるわけでもないまま、言語化されている世界の裏側にじっとあり続けている。

「木になった亜沙」が雑誌に掲載されたとき、初読した私を衝撃と安堵が包んだ。それは私にとって馴染みのある、いつもそばにあった、懐かしい未知だった。「不思議な物語」と形容して終わらせることができない、身近で切実な感触だった。名前のない記憶が疼《うず》き、体の中で咲き始め、今まで「見えていた」光景が裏返しになっていき、無意識が知覚していた世界が声を上げ始める。私にとってはそういう意味を持った特殊な物語だった。

今村夏子という作家を、特別に大切に思っている。彼女の小説の言葉でしか触れることができない「部分」が世界に、自分の中に、たくさん存在していて、自分がどこかでそれらをとても大切に感じていることを思い出す。言語が、物語が、その「部分」に触れたとき、驚きと安堵が融合した、静かな震えのような感覚に包まれる。それは「奇妙」「不思議」という言葉では足りない喜びを読み手である自分に与える。

この本には三つの短編とエッセイが収録されている。あらすじだけを読むと、それはもしかしたら読み手とは遠い場所に広がる「不思議な物語」に感じられるかもしれない。けれど、どの物語を読んでも、それは自分と切実に繋がった物語で、奇妙な懐かしさに胸を打たれる。これらの物語が、日本語という言葉で紡がれて、その言語がインクという液体によって紙に染み込み、文章が並んで印字された紙が重なり合い、綴じられて本になり、本屋に並べられ、そのうちの一冊が読者の手で運ばれて家にやってくる。そのこと自体が寓話のように感じられ、ずっと探していた大切な物語だと思える。そんなふうな感覚を抱くのは、この作者の作品たちが、読み手を安全な場所から連れ出し、ずっと知っていた未知の世界と接続させてくれる、特殊な力を持っているからだと感じている。

この「解説」という、本の後ろのほうに設置された奇妙な場所に、この特別な作品の著者ではない人間が作者の物語の概要を書き記すことは無粋なことだと感じる。もしうっかりこのページを先に開いてしまった方がいたら、どうか一旦本を閉じ、深呼吸をして、最初のページを開き、この本に収録されている作品たちを全身で存分に味わってほしいと思う。ある種の素晴らしい作品は、読者にとって「自分の物語」となる力を持っている。著者の作品は、特にそういう魔力があると感じる。作品たちを読み終えたとき、もしかしたら読み手は他者の言葉など欲していないかもしれない。そのときは、ここに書いてある言葉を読む必要はない。ゆっくりと本を閉じて、著者の紡いだ言葉だけを噛み締めてほしい。読書が自由であることは当たり前のことなのに、わざわざここにこんな文章を書くのは、私自身にとって、著者の作品はいつも自分だけのひっそりとした奇跡だからだ。だから、他の読み手の奇跡の邪魔をしたくはない。そう願わずにはいられない力が、この本には宿っているのだ。

この本の最初に収録されている「木になった亜沙」は、自分の手から食べ物を食べてもらえない人生を送っていた亜沙の物語だ。やがて亜沙は本当に木になり、割り箸になる。割り箸の亜沙はある若者と出会い、ついに彼女が差し出した食べ物を食べてもらう。

雑誌に掲載されたこの作品を読んだとき、私は割り箸になった亜沙の感動を、ずっと探していた言葉のように感じた。いつでもページを開いて物語と再会できるように、本棚の一番自分と目があう場所に雑誌を並べた。ずっとこの物語と繋がっていたかったし、背表紙が見えないと不安になった。この物語が存在する世界に生きていたいという気持ちにさせられた。そう感じるということは、この作品を読む前は、この物語が存在しない世界を生きていたということだった。どちらも孤独な世界だった。けれど、この物語がない孤独と、ある孤独は、私にとってまったく違う世界に感じられた。

そんなふうに愛していた作品が本になったことは私にとってとても幸福なことだった。二つ目に収録されている「的になった七未」も、同じようなごく個人的な奇跡を私に与えた。七未は、子供の頃からいろいろなものをぶつけられそうになる場面に遭遇する。彼女はいつも逃げ切り、一人だけ最後まで当たらない。そしてあるとき、七未は「当たれば終わる」ということに気が付く。「当たりたい」と願うようになる。七未の「当たりたい」という願いは叶うことがないまま、彼女は成長し、やがて子供を身籠る。息子が育っていっても七未の「当たりたい欲」は終わることがない。息子と別々に暮らすようになり、時が進み、七未についに「当たる」日が訪れる。

三番目に収録された「ある夜の思い出」は、いつも寝そべって過ごしていた語り手が、だんだんと腹這いで過ごすようになる。腹這いで外に出た「わたし」は、同じ姿勢で寝そべっている男性と出会う。

この本に収録された三つの物語に共通するのは、リアリズム的な世界と幻想的な世界の境界線が溶けていて、そのことに違和感がないこと、そのことがこれらの物語を更に「ほんとう」にしている感覚すら与えられることだ。現実的な世界と、白昼夢のような世界に境界線があるなどと、そもそもなぜ自分が思っていたのかということすらわからなくなる。「現実」と私たちが呼んでいる世界は妄想や幻想、不思議な言葉やわけのわからないできごとをたくさん含んでいるし、「幻想」の中にははっとするような生々しさや、匂い、感触、音、味、音楽など、「現実」よりもリアルなものがいくらでも存在している。どうしてそこに線を引いていたのか、今まで当然だと思っていた感覚を、いつの間にか喪失している。喪失することで見えてくる世界がある。喪失は獲得の一種なのだと、本の向こうに広がる新しい光景を眺めながら思う。

これらの作品は、読み手に「もう一つの眼差し」を与えてくれる。人間として生きているうちに、いつの間にか、脳が、情報が、知識が、記憶が、眼差しに介入し、見えるはずの光景を変形させ、時として汚している。脳や知識で汚れている光景は、世界をきちんと理解している感覚を与え、人間を安心させる。けれど、そうではない眼差しが、本当は誰にでも存在している。その「目」はいつも静かに、知識で変容する前の世界を捉え続けている。

三つの物語は、静かに世界を見つめ続けていた、脳の外、人間の外、情報の外の眼差しがとらえている光景を、はっきりと読み手に意識させる。だから、未知で不思議な物語であっても、同時に、その光景はいつも懐かしい。ただ奇妙なのではない、そうした普遍性を、これらの物語は携えている。だから、多くの人たちにとって、著者の物語は特別な奇跡になりうるのだと感じている。

物語を紡いでいる「言葉」の力にも触れておきたい。作品の中の言葉たちは、たとえそれが自分が普段使い慣れているような言葉だったとしても、物語の中に、いつもとまったく違う表情と気配で、ぽん、と置いてある。作品の中の言葉を目から吸い込んで、それらが身体の中に落ちてくるとき、何度もはっとする。世界や眼差しだけではなく言葉にも角度があること、違う角度から見る言葉がときには艶《なまめ》かしく、また別のときには異様に、本の中に佇《たたず》んでいることに、ぞっとしながら恍惚《こうこつ》とする。読書が与えてくれる奇跡が生き物になって閉じ込められているような、魔力を持ったこの本が、文庫本という形でまた新しく世界に存在する。その新しい奇跡に改めて感謝する。世界が、『木になった亜沙』という物語が存在する世界になったことに、今日も心から幸福を感じている。

（作家）

初出
木になった亜沙　「文學界」二〇一七年十月号
的になった七未　「文學界」二〇二〇年一月号
ある夜の思い出　「たべるのがおそい」五号
エッセイは文末に表記

単行本　二〇二〇年四月　文藝春秋刊

DTP制作　ローヤル企画

文春文庫

木《き》になった亜《あ》沙《さ》

定価はカバーに
表示してあります

2023年4月10日　第1刷

著　者　今《いま》村《むら》夏《なつ》子《こ》

発行者　大沼貴之

発行所　株式会社　文藝春秋

東京都千代田区紀尾井町 3-23　〒102-8008
TEL　03・3265・1211(代)
文藝春秋ホームページ　http://www.bunshun.co.jp

落丁、乱丁本は、お手数ですが小社製作部宛お送り下さい。送料小社負担でお取替致します。

印刷製本・大日本印刷

Printed in Japan
ISBN978-4-16-792022-7